오   이   부   부

"무엇보다도 뜨겁게 서로 사랑할지니 사랑은 허다한 죄를 덮느니라"(베드로전서 4:8)

그   냥   좋   다

오♡이 부부, 그냥 좋다
시집 잘 간 여자, 장가 잘 온 남자

발   행 | 2021년 8월 23일
글쓴이 | 이기영
그   림 | 구름이

펴낸이 | 김수영
펴낸곳 | 담다
출판사등록 | 제25100-2018-2호
메   일 | damdanuri@naver.com

오♡이부부

시집 잘 간 여자, 장가 잘 온 남자

글·이기영   그림·구름이

그냥 좋다

담다

Part 3

Part 4

프롤로그

오이 부부에게 아이가 있었다면 고(故)박완서 작가님의 글처럼 나 역시 남편을 생활비를 벌어다 주는 가장, 아이의 아버지로만 바라보았을 것이다. '그저 한 남자와 한 여자의 시선에서 바라보는 부부로, 저렇게도 살아갈 수 있구나.'라는 걸 보여주고 싶었다.

하늘 아래 의지할 거라고는 둘뿐인 세상에서 주변의 시선을 최대한 걷어내고, 오이 부부만의 삶을 지향하고 있다. 자기콘텐츠 시대를 살아가는 요즘, 친구 용대는 'Arabian beautiful life' 유튜버가 되었고, 다른 친구 구름이는 동화책을 출간했다. 모두 자신만의 콘텐츠를 찾아 잘 살아가고 있다.

나 또한 '좋은 기억력'을 콘텐츠화하여, '어떤 배우자를 만나 결혼할까?'를 고민하던 싱글에서 결혼 준비기 그리고 달콤한 신혼기를 지나, 배려보다 배신이 난무하는 결혼 6년 차의 삶을 기록으로 옮겨보았다.

남편 오세훈과 산다는 것은 명품 신발을 신고 스테이크를 먹으러 다닐 수 있는 화려한 삶은 아니다. 온전히 글쓰기에 집중하고 싶었지만 일도 해야 하고, 집안일까지 병행해야 했다.

그러면서 '남편은 나의 글쓰기에 전혀 도움을 주고 있지 않다.'라고 투덜거렸다. 하지만 에피소드를 하나하나 기록해 나가는 과정에서 남편이 있어 내가 빛나고 있다는 사실을 알게되었다.

"여보, 고마워요"

우연히 접하게 된 글쓰기 수업에서 윤슬 작가님의 "에세이 한번 써보시죠?"라는 말을 덥석 물었다. 생애 가장 디테일한 도전이었으며, 글 앞에서의 겸손함과 책임감을 배워 나가고 있다.

첫 책을 준비하면서 글은 나에게 또 다른 힘이 되었고, 돈보다 더 귀하게 다가왔다. 초고를 쓸 때는 예상보다 잘 써 내려갔지만, 퇴고는 생각만큼 진척이 되지 않았다. 〈퀸스 갬빗(1950년대, 체스에 천재적인 재능을 보이는 소녀가 세계 체스 챔피언을 거머쥐는 과정을 그린 넥플릭스 드라마)〉의 여주인공이 매일 밤 체스판을 천정에 그렸던 것처럼 퇴고 내내 몇몇 단어들이 머릿속에서 떠나질 않았다. 글의 가치를 높이는 기록 디자이너로 살아가고 싶다는 마음이 여기까지 이끌었다.

벌거벗겨진 글임에도 불구하고 알맞은 옷을 잘 골라준 윤슬 작가님과 출판사 선배님들께도 감사 인사를 전한다. 허공에 연신 발차기만 계속하던 나에게 목표지점을 그려준 일러스트 작가 구름이에게도 고마움을 전한다.

'잘 쓰인 글'이 아니라 '즐겁게 쓰인 글'이며, 90퍼센트의 사실과 10퍼센트의 왜곡된 기억으로 기록되었다. 휴가철 쉽게 읽고 즐길 수 있는 책이 되길 바라본다. 또 그렇게 읽힌 책이 당근 마켓에 올라오는 일이 없길 거듭 바라본다.

2021년 8월,
그대들의 삶에 축복과 유머 그리고 치유가 되고픈
기록 디자이너 **이기영**

세울입니다

기영입니다

드의법

이성을 볼 때 가장 먼저 보는 곳은 그가 신은 '양말'이다.

흔히 '아빠 양말'이라고 불리는 민무늬 양말을 신은 남자는 성실하지만 고지식한 모습이 많았다. 캐릭터 양말을 신은 남자는 유쾌한 반면, 가벼움이 느껴졌다. 흰 양말의 남자는 감각적이지만 독립심이 부족해 보였다. 줄무늬, 남편의 양말은 줄무늬였다. 그리 많지 않은 이성 경험을 통해 생겨난 선입견이긴 하지만, 줄무늬 양말의 남편을 선택한 이유는 섬세함이 주는 소소한 매력을 알기 때문이다. 그런 남편과 달리, 나는 형광 핑크색 양말을 즐겨 신는다.

이렇게 완전히 다른 두 사람이 만나 '오이 부부'라는 가정을 이루었다.

"왜 '오이 부부'인가요?"

"길고 짧아서 오이 부부인가요?"
(181㎝의 남편, 160㎝의 나를 두고 하는 얘기이다.)

"아닙니다."
"오세훈, 이기영 각자 성에서 따 온 것입니다."

Part 1

결혼 준비기

결혼 준비기

"나는 나중에 키 작고 안경 쓴 뚱뚱한 남자와 결혼을 할 거야."

모범생인 친구가 키 작고 통통한 남자를 노트에 그리며 말했다. 최고로 잘 나가는 배우를 결혼 상대로 꼽아도 시원찮을 판에 하필 저렇게 흔한 남자를 선택하다니 도무지 이해가 되지 않았다.

"아니, 왜?"

"음, 그래야 나중에 바람 안 피울 거 아니야?"

갑자기 반에서 제일 잘 나가던 친구의 자다 깬 목소리가
들려왔다.

"야! 못생긴 사람이 바람까지 피우면 얼마나 짜증나는
줄 알아?"

결혼 못 한 게 아니라 안 한 여자

"기영아! 남자들은 아줌마를 좋아하는 게 아니라 아가씨를 좋아해."

무심하게 던진 남사친(남자 사람 친구)의 말이 비수로 꽂혔다. 항상 아가씨 몸매로 만들기 위해 365일 다이어트에 매진했다. 주변에서 "쟤가 저러니까 시집을 못 가지!"라는 소리를 듣게 될까 긴장하며 살았다. 서른 중반을 넘기면서 스스로도 결혼을 안 한 건지, 못 한 건지 헷갈릴 때가 종종 있었다. 주말, 외출할 일이라고는 지인들의 결혼식이 전부였으니까. 하객으로 식장을 찾을 때마다 짧은 원피스를 입고, 높은 힐을 신었다. 누가 봐도 난 결혼을 '안' 한 여자이어야 했으니까. '못' 한 게 아니라.

봄날치고는 조금 무더운 토요일 정오, 결혼식이 있었다. 그날도 신부의 드레스보다 더 긴장해야만 하는 옷차림으로 지하철을 타러 갔다. 거울에 비친 내 모습이 골드 미스 같아 뿌듯했다. 지하철 안, 빈 좌석이 제법 많았지만 차마 앉을 용기가 나지 않았다. 괜히 앉았다가 무릎 위로 올라오는 치마로 민망함을 살까 조심스러웠다. 애써 여유로운 척 기둥을 잡고 한참을 서 있는데 높은 굽 때문에 엄지발가락이 아려오기 시작했다. 어디든 당장 앉고 싶은 마음이 굴뚝같았지만, 한 번 더 발가락에 힘을 꽉 주고 서 있었다. 오가는 사람이 많은 반월당역에 도착하니 빈 좌석이 더 많아졌다. 난 그저, 자리에 앉는 상상만 할 뿐이었다.

그때 풍성한 원피스 차림에 슬리퍼를 끌며 어떤 아주머니가 내 앞을 스쳐 빈자리를 찾아 털썩 앉는 것이었다. 긴장감이라고는 눈 씻고 찾아봐도 보이지 않는 편안함, 그 자체였다. 애써 다리를 모으지 않아도 긴 치마가 이미 많은 일을 하고 있었다. 그 모습을 본 내 머릿속은 오로지 한 가지 생각뿐이었다.

'아~! 진짜 편하겠다. 나도 빨리 아줌마가 되고 싶다.'

넌 어떤 남자를 만나고 싶니?

열한 번째 선을 본 친구가 망연자실한 표정을 하고 왔다. 방에 들어서자마자 침대 위로 옷가지와 가방을 던지며, 그 위로 몸을 널브러뜨렸다. 멍하니 천장만 바라보던 친구가 입을 열었다.

"기영아, 대한민국 남자들은 키가 170㎝밖에 안 되는 거니? 왜 내가 만나는 남자들은 키가 다 작을까?"

"음, 태초에 하나님이 한 남자를 만드실 때 너 키 170㎝.
너는 나중에 소영이 만나렴!
또 다른 한 남자를 만드실 때도 너도 키 170㎝.
그럼 너도 나중에 소영이 한번 만나보렴! 뭐 이런 거 아닐까?"

우린 깔깔거리며 웃었다.

결국, 소영이는 키 170㎝의 금융회사에 다니는 남자와 결혼했다. 지금의 남편을 만나기 전까지만 해도 소영이는 입버릇처럼 이런 말을 했다.

"정말 어떤 남자를 만나 결혼을 해야 할지…"

진짜 어떤 남자를 만나면 좋을지 궁금한 마음에 학부형에게 물어본 적이 있다.

"어머님, 어떤 남자를 만나야 할까요? 아무래도 착한 남자를 만나야겠죠?"

학부형은 답답하다는 듯 크게 손사래를 치며 말씀하셨다.

"아이고~ 선생님, 착한 남자는 나중에 죽이지도 못해요. 절대 안 돼요."

사촌 언니에게 물었다.

"성실한 남자를 만나야 해. 남자가 게으르면 네 속은 더 터진다."

부잣집에 시집간 친구는 또 다른 대답을 들려주었다.

"시댁을 먼저 봐야 해. 시댁 어르신이 깐깐하고, 특히 여자가 많으면 게임 끝이야. 그때부터 넌 없는 거야."

'도대체 어떤 남자를 만나야 할까?'

우문현답 같은 대답을 듣고 곰곰이 생각해 보았다. 모두 자신의 상황을 잣대로 만들어낸 기준처럼 들렸다. 질문의 방향을 나에게 돌려보았다. 몇 번의 반복된 질문 끝에 나만의 구체적인 기준을 세울 수 있었다.

첫째, 같이 교회를 다닐 수 있는 남자

둘째, 같이 운동을 할 수 있는 남자

셋째, 카페에 앉아 편안하게 대화를 나눌 수 있는 남자

넷째, 내가 이해할 수 있는 남자

다섯째, 돈보다는 시간이 많은 남자

여섯째, 쇼핑을 같이할 수 있는 남자

일곱째, 부모님께 잘 하는 남자

여덟째, 키 큰 남자

아홉째, 약속을 잘 지키는 남자

열 번째, 노력하는 남자

P.S
2015년 다이어리에서 발췌한 메모이다.
현재 남편과 완벽에 가까울 만큼 흡사한 사실에 놀라는 중이다.

1 2 3 4 5 6 7 8 9 10

내가 좋아하는 남자

목사님께서 물으셨다.

"기영 자매. 혹시 우리 교회 청년 중 맘에 드는 형제는 없어요?"

"목사님! 안타깝게도 우리 교회 600명 중에 제 스타일은 단 한 명도 없어요."

소그룹 리더인 나는 교회 출석하는 남자들을 거의 알고 있었지만, 이성적으로 관심을 가진 남자는 없었다. 그날도 예배가 끝나고 소모임 준비로 한참 분주해져 있을 때였다. 수줍은 미소의 어떤 청년이 들어와 바로 내 앞자리에 앉았다. 제법 키도 컸고, 고개를 슬쩍 옆으로 돌릴 때마다 보이는 볼 보조개가 배우 현빈을 닮아 있었다. (보조개만 현빈을 닮았다. 오히려 70년대 탤런트 같이 생겼다는 말을 더 많이 듣고 있다.)

'못 보던 사람인데? 누구지?'

그날은 교회 볼링대회가 있는 날이었다. 먼저 도착한 사람끼리 팀을 나눠 연습게임을 하는데 나는 그와 같은 팀이 되었다. 그와 첫인사를 나눈 탓인지, 전반적으로 팀 분위기가 좋게 느껴졌다. 그와 조금 더 친해지고 싶은 마음에 은근슬쩍 팀원들에게 똑같은 말을 계속 흘렸다.

"우리 팀 엄청 잘 맞는데요?"
"진짜, 우리 이대로 팀 해도 될 것 같아요."

조 편성을 위해 온 조장에게도 먼저 선수쳤다.
"조장님, 우리는 이대로 팀 할게요. 다른 팀이랑 점수 차이도 별로 안 나는데…
이대로도 괜찮을 것 같은데요?"
다른 조와 점수를 비교해 보던 조장은 고개를 끄덕이며 말했다.
"그러세요. 그럼 여기는 누나가 팀장 하세요."

'성공!'

결국, 우리는 상금으로 커피 쿠폰을 받았다. 선물 받은 커피 쿠폰은 우선 내가 보관하기로 했다. 그리고 주중에 시간 조율을 위해 내가 직접 연락을 주기로 하고, 그의 연락처를 받았다. 하지만 나는 그를 뺀 나머지 팀원에게만 연락했다.

일요일, 교회 로비에서 만난 그가 먼저 다가와 인사를 건넸다.

"한주 잘 지냈어요? 그런데 왜 저한테는 연락 안 했어요? 기다렸는데…"

"어머! 제가 연락을 안 드렸죠? 깜빡했네요. 정말 미안해요."

"아뇨. 괜찮아요. 바쁘신가 봐요?"

"아니에요. 바쁘긴요… 제가 그럼 이따가 사과의 의미로 커피 살게요. 혹시 오늘 시간 되세요?"

나에겐 짝사랑을 길게 할 만큼의 시간적, 감정적 여유가 없었다. 그리고 상대가 먼저 다가올 만큼의 외모도 아니었다. 거기에 나의 연애관은 '관심이 있으면 내가 먼저 다가 가자.'였다. 커피를 마시고, 몇 마디 대화를 주고받다보면 상상했던 것과 다른 사람이 많았기 때문이다. 무엇보다 '내가 좋아하는 사람'이라는 것이 중요했다. 나를 좋아하는 사람이 아니라.

P.S
당시 남편의 눈에 비친 나의 첫인상.
'한겨울에 선글라스를 머리에 얹고,
빨강 원피스의 재미교포같이 생긴 쟨 뭐지?'

직진 女, 유턴 男

　애써 잔머리를 굴려 다가간 그에게는 이미 여자 친구가 있었다. 그해 여름쯤으로 기억한다. 친구 윤정이와 이런저런 안부 인사를 나누던 중이었다.

　"아, 맞다. J언니 남자친구 생겼어!"

　"와우! 대박!! 진짜 좋겠다!"

　그때 말하던 J언니의 남자친구가 지금의 내 남편이었다.

　'남의 떡을 탐내지 말라. 꼭 그가 아니어도 된다.'

　약간의 아쉬움은 있었지만 나는 그를 '교회 오빠'로 선을 긋고 있었다. 다음 해 우리는 같은 조원이 되었고, 그녀와의 이별 소식을 듣게 되었다. 그는 이별의 아픔을 극복하고 싶었는지 모든 소그룹 활동에 적극적이었다. 조원들과 함께 봄에는 야구장, 여름에는 래프팅, 가을엔 공원에서 바비큐를 즐겼다. 이 모든 행사의 중심에 항상 그와 내가 있었으며, 행사 준비로 인해 하루에 서너 번씩 하던 전화 통화가 나중에는 일과가 되었다. 그렇게 우린 조금씩 서로에게 가까워지고 있었다.

그는 매일 먼저 전화하고, 전화를 받지 않으면 걱정하면서 정작 고백은 하지 않았다. 늘 할 듯 말 듯, 애매하게 말을 던져 놓았다. 목마른 사람이 우물 판다고 했다.

"오빠, 나 오빠 좋아하는 것 같아요. 오빠는요?"
대답보다도 유쾌하지 않은 한숨 소리가 먼저 들려왔다.
"어~~ 그래?"
"오빠는요?"
"기영아, 오빠는 너를 그냥 교회 동생으로밖에 생각 안 해."

'쿵'
가슴에서 뭔가가 내려앉는 소리가 났다. 머릿속이 와글와글 혼란스러워지기 시작했다.
'이게 뭔 소리야?' '이제 와 이게 무슨 소리냐고?'

하지만 애써 태연한 척 단호하게 말했다.

"그럼. 저한테 다시는 이런 식으로 연락하지 마세요."

우린 며칠 동안 연락을 하지 않았고, 머릿속에서 빠른 속도로 그를 지우기 위해 애쓰고 있었다. 여느 때처럼 교회에서도 본척만척 집으로 돌아오는데 문자가 왔다.

"데려다줄까?"

"아뇨."

냉정한 목소리로 대답은 했지만, 마음은 더 복잡하고 심란했다. 그런데 집 앞에 그가 와 있었다.

"여기 웬일이에요?"

"할 말 있어서 왔어."

잠시 머뭇거리던 그가 입을 열었다.

"나도 네가 좋아. 나라고 마음에도 없는 너한테 매일 전화하고 만나자고 그랬겠니? 그런데 또 교회 안에서 다시 누군가를 만난다는 게 자신이 없어."

"음…그래서요?"

제법 이해가 되는 얘기처럼 들렸지만, 모르는 척했다.

"내 입장에선 작년에 한 공개연애가 너무 엉망이라 누군가를 만나 또 공개연애를 한다는 게 쉽지 않아."

"공개연애가 힘들다…그럼 나랑은 비공개 연애를 하면 되잖아요?"

"응?"

"오빠, 내가 좋다면서요. 나도 오빠가 좋아요. 그러니까 교제를 하되 교회에서는 지금처럼 아무 사이 아닌 것처럼 행동하면 되잖아요?"

그가 갑자기 피식 웃기 시작했다.

보조개가 눈에 또 들어왔다.

나는 전혀 아랑곳하지 않고, 천연덕스러운 표정으로 그를 계속 쳐다보았다.

그가 내 머리카락을 마구 헝클어뜨리며 말했다.

"으이그~ 내가 그렇게 좋아?"

나는 아주 당당하게 대답했다.

"네~!!"

교육의 힘

"기영이 어디가 가장 좋아요?"
"기영이 어디가 가장 맘에 들었어요?"
"기영이 어디가 가장 매력 있어요?"

본격적인 연애가 시작되면서 친구들에게 남편을 소개할 자리가 많아졌다. 똑같은 맥락의 질문이지만 살짝살짝 바뀐 단어 하나에도 남자들은 당황했다. 남편을 교육할 필요가 있었다. 어떤 유형의 질문이 나오더라도 일관적으로 대답하라고 얘기했다.

친구들과의 얘기가 서서히 무르익을 무렵, 드디어 올 것이 왔다.

"기영이 어디가 가장 마음에 들었어요?"

친구의 기습질문에 나머지 친구들도 디저트 포크를 내려놓으며 일제히 남편을 바라봤다. 크게 당황하는 기색 없이 남편은 포크를 내려놓으며 차분하게 대답했다.

"저는 우리 기영이 다른 건 모르겠고, 그냥 외모만 봤습니다."

갑자기 친구들의 웃음이 빵 터졌다.
나를 알고 있는 당신도 '피식' 웃음이 새어 나왔을 것이다.

사실 한국에서 예쁘다는 말을 거의 들어 본 적이 없음을 말해두고 싶다. 하지만 이런 교육 하나쯤은 꼭 필요하다고 본다. 눈치 없는 솔직함으로 기분을 망치는 것보다 미리 예방하는 편이 낫다고 생각한다. 그러니 그대들도 그만 웃음을 거두어 주시길…

P.S
"그냥 외모만 봤습니다."라는 말은
남편 스스로 고안해 낸 창작물임을 꼭 밝히고 싶다.

취향 저격

"오빠, 걱정할 거 하나 없어. 오빠는 딱 우리 엄마가 좋아하는 스타일이야."

예비 장모님과 만남을 앞두고 남편은 긴장하는 눈치였다. 정말 그랬다. 엄마도 남편에게 첫눈에 반했다. 좋은 매너와 다정한 말투, 듬직한 외모 그리고 뭐든 잘 먹는 식성까지 뭐하나 빠지는 게 없는 최고의 사윗감이었다.

조심스러운 식사가 끝나고 남편이 자리를 잠시 비운 사이, 엄마가 물었다.
"기영아, 너 쟤랑 얼마 동안 사귀었어?"
"거의 반년이 다 되어가지?"

갑자기 엄마의 손바닥이 내 등짝을 후려쳤다.

"이것아, 저렇게 멀쩡한 사람이 있었으면 곧장 집으로 데려왔어야지!"

나를 쥐 잡아먹을 듯 바라보던 엄마의 눈빛은 먼발치에서 걸어오는 남편을 발견하고는 이내 온화한 미소로 바뀌었다. 남편이 자리에 앉을 때까지 가만히 지켜보신 후 말씀하셨다.

"내가 자네를 '오서방'이라고 불러도 되겠는가?"

"아! 네. 어머님. 편하실 대로 불러주십시오."

갑자기 엄마는 주변을 분주하게 살펴보시더니 가방 안에서 핸드폰을 꺼내 나에게 건넸다.

"오서방, 잠깐 일어나 보게. 나랑 저 앞에서 사진 한 장만 찍으러 가게나."

뜬금없는 엄마의 제안에 우리는 당황했다.

"아니, 엄마. 이 식당에 사진 찍을 때가 어디 있다고?"

"괜찮아. 저기 수족관 앞에서 찍으면 돼. 내가 여기저기 자랑 좀 해야겠어."

그렇게 엄마와 남편은 물고기 몇 마리밖에 없는 횟집 수족관을 배경으로 인증샷을 남겼다. 엄마 못지않게 흡족해하던 남편도 돌아오는 내내 장모님과의 첫 만남을 곱씹었다.

"근데 그거 알아?"

"뭐?"

"아까 장모님과 헤어질 때, 말씀하시면서 내 옷에 묻은 먼지 같은 걸 손으로 떼어주시는 거야. 완전 엄마 같은 그 느낌, 알지?"

오이 부부의 가장 자랑스러운 시작

교제 한 지 일 년이 되어가면서 본격적으로 결혼준비에 돌입했다. 남편은 자신이 금수저 아들도 아니며, 나를 만나기 전에 사업을 실패하여 경제적 여유가 좋은 편도 아니라고 했다. 가진 재산은 낡은 빌라 한 채뿐이라 이곳에서 신혼을 시작하자는 말을 꺼내기가 쉽지 않았다고 고백했다. 애초 남편의 경제력을 보고 결혼 상대로 점찍은 것이 아니었기에, 문제 될 것이 없었다. 그리고 나에게 모아둔 자금이 어느 정도 있었기에 우리는 좀 더 구체적으로 재산을 공개했고, 남편의 남은 빌라를 처분했다.

처분한 빌라와 가진 자금으로 25평 아파트 전세를 대출 없이 구했다. 가전제품과 집기류는 남편이 쓰던 것과 내가 쓰던 것을 그대로 가져와 합쳤고, 새로 산 것은 붙박이장과 침대 프레임이 전부였다. 결혼 후 딱 한 번 보게 된다는 웨딩앨범은 생략했고, 결혼식 사진을 많이 찍어 결혼식 앨범을 두껍게 만들었다. 커플링 하나로 양가 폐물을 대신했고, 한복도 대여했다. 청첩장은 일러스트 작가 친구와 출판사 친구의 도움으로 예쁘고 저렴하게 만들었다. '생애 단 한 번의 로맨스'라고 불리는 프러포즈도 생략했다. 진정 멋있는 남자는 결혼 전이 아닌, 결혼 후에 잘하는 남자일 테니까.

비록 오이 부부는 결혼준비에 수천만 원을 소비하는 유일무이한 기회는 누리지 못했지만 진정한 경제적 독립을 이루어냈다고 자부한다.

would you marry me?

오이 부부도 결혼식만큼은 멋지게 치르고 싶었다. 우리가 가진 장점은 지금껏 수많은 결혼식을 지켜봤다는 것이고, 경험치를 최대한 활용하는 것이었다. 그 노하우를 공유하고자 한다.

#식장 정하기

결혼식을 다녀온 사람들이 하나같이 입을 모아 '이 결혼식은 좋았고, 저 결혼식은 별로였어.'라고 말하는 기준이 있다. 바로 식장의 밥맛과 주차시설이다. 결혼식 때 신랑과 신부는 단연 멋지고 예쁘다. 이 점은 두 사람에게만 중요할 뿐, 하객에게는 참고 사항일 뿐이다. 그래서 오이 부부는 길일을 피하고, 비수기에 날짜를 선택해 여유 있는 주차장과 밥맛이 좋다고 소문난 식장으로 결정했다.

#홀 구조 정하기

식장 안에도 여러 유형의 홀이 있다. 둥근 원탁 의자는 식사를 하면서 결혼식에 참여하기에 좋고 오래간만에 만난 지인들과 회포를 풀기에 적합하나, 결혼식에 집중하기 힘든 구조이기에 둥근 원탁 대신 일자형 채플관 유형의 홀을 선택했다.

#신부는 친정 쪽 하객을 보지 마라

나이 든 신부라 어쩔 수 없다는 식의 사진은 남기기 싫었다. 웨딩플래너는 절대 울어선 안 된다고 신신당부했다. 울면 화장이 번지고, 쌍꺼풀 테이프마저 떨어져 사진에 눈도 짝짝이로 나올 수 있으니 방긋방긋 웃는 게 제일 좋다고 했다. 좋은 날이니 나는 무조건 웃었다. 신부 입장 후 돌아서서 양가 어르신께 인사를 드리면서 무심코 신부석에 앉아 있는 언니들을 보았다. 울고 있었다. 처음에는 그녀들의 눈물이 이해가 되질 않았다.

'아니, 뭐야? 평상시에 좀 잘해 주지. 이제 와 왜 울어?'

하지만 그런 마음도 잠시, 나도 같이 눈물이 났다.

'안 돼! 울면 절대 안 돼!'

눈물이 떨어질까 곧바로 시선을 시댁 쪽으로 돌렸다. 다들 웃고 계셨다. 나도 잘 보이고 싶다는 생각에 따라 웃었다. 덕분에 결혼사진은 아주 잘 나왔다.

남편과 무음의 신호를 만들어라

결혼식 날은 정말이지 혼이 쏙 빠지도록 정신없는 날이다. 신부는 드레스를 밟지 말아야 하고, 면사포와 치마 끝단이 항상 우아하게 떨어지도록 유지해야 한다. 반면 신랑 쪽은 여유가 좀 있는 편이다. 신랑 입장 할 때 손, 발이 동시에 나가지만 않으면 된다. 우리는 무음의 신호를 하나 만들었다. 남편이 결혼식 도중 내 손을 꽉 쥐면 자신을 보라는 신호였다. 신호에 맞춰 남편을 바라보면 웃고 있거나, 얼굴에 묻은 속눈썹을 떼 주거나, 누가 왔는지 알려주었다. 그러다 보면 결혼식이 끝나있음을 발견하게 된다.

P.S
나중에 결혼식 영상을 본 후 알게 된 또 하나의 사실.
신부 입장 후 딸의 손을 사위에게 넘겨주고
돌아서는 아버지의 뒷모습.
그 모습을 놓치지 않기를.

Part 2

사춘기

I Love

you

신혼기

"오빠!! 나 생각하면 가장
먼저 떠오르는 노래가 뭐야?"

"음~~~~~~~~~~~~~~~~~~
넌 내꺼 중에 최고♪♩"

결혼을 축하한다. 오이 부부

나는 두, 세 살 터울 다섯 남매의 가정에서 가난하게 자랐다.

남편은 형제가 둘인 가정에서 부유하게 자랐다.

나는 집 주변에 유치원이 없어 다니지 못했다.

남편은 호텔 수영장 스포츠센터를 다녔다.

나는 가끔 할머니가 편찮으실 때 부잣집 친척이 델몬트 주스를 사 오시는 걸 보았다. 그 주스 병이 보리차 물병이 아니었음을 그때 알게 되었다.

남편은 어머님이 운동을 마친 뒤 백화점에서 사 온 델몬트 주스를 매일 물처럼 마시며 자랐다.

나는 겨울이면 양말을 2개씩 신었다. 추워서라기보다 부끄러워서였다. 엄지발가락에 구멍이 보이면 비슷한 색깔의 다른 위치에 구멍 난 양말로 얼른 그곳을 메웠다.

남편은 흰 양말만 신었다. 사계절 구분 없이 여름에는 얇은 흰 양말, 겨울에는 두꺼운 흰 양말을 신었다.

나는 도시락 반찬으로 주로 총각김치, 부추김치, 배추김치 등 김치 3종 세트를 가져갔다. 겨울철, 우리 가족이 먹는 과일은 주말 엄마가 예식장에서 일을 마치고 그곳에서 가져온 손님 접대용 슬라이스 과일이 전부였다.

남편의 도시락 반찬은 주로 비엔나소시지였으며, 계절과 상관없이 당시 최고급 과일인 바나나, 파인애플을 먹었다.

다행스럽게도 나는 점차 나아진 살림 덕분에 넉넉한 용돈과 생활비로 여유 있게 대학을 졸업했다. 아르바이트해서 번 돈은 배낭여행비로 썼다.

안타깝게도 남편은 점차 기울어진 살림으로 인해 등록금과 서울 생활비를 혼자 감당해야 했다. 발레파킹과 이삿짐센터에서 아르바이트하여 번 돈으로 생활했다.

서른의 나는 두바이에서 럭셔리한 골드미스의 모습을 갖춰가고 있었다.

서른의 남편은 갑자기 어머님이 돌아가셨고, 함께 경영하던 고기집도 문을 닫았다.

서른 중반의 나에게 결혼은 '선택사항' 이었다.
서른 중반의 남편에게 결혼은 '내려놓음' 이었다.

이렇게 너무 다른 우리 두 사람이 만나 '오이 부부'라는 행복한 가정을 만들었다.

결혼을 축하한다. 오세훈
결혼을 축하한다. 이기영

결혼을 축하한다. 오이 부부.

결혼을 축하한다   오세훈
결혼을 축하한다   이기영

결혼을 축하한다
오이 부부

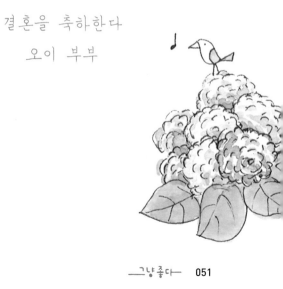

이놈의 인기

"신혼여행은 어디로 가나요? 하와이? 몰디브? 발리? 제주도?"

"아뇨, 라오스로 가요. 로맨틱한 신혼보다는 역동적인 신혼을 즐기려고요."

라오스에서의 첫째 날, 조식을 먹으러 계단을 내려가는데, 어떤 미국 중년 부인과 눈이 마주쳤다. 온화한 미소로 우리를 번갈아 가며 보더니 '굿모닝'이 아닌 색다른 인사를 건넸다.

"Congratulations!!"

'오, 어떻게 알았지?'라고 생각하던 찰나 우리가 입은 커플 티셔츠를 보고 하는 말이라는 것을 알 수 있었다. 흰색 바탕에 검은 글씨로 각각 앞면에 Husband(남편), Wife(아내), 뒷면에 똑같이 "Just married(우리 결혼했어요.)"라고 프린트되어 있었다. 이때부터 식을 줄 모르는 인기가 시작되었다.

아침 산책을 위해 길을 나서는데 노천카페에 앉아있던 금발의 청년이 우리를 향해 반갑게 손을 흔들며 인사했다.

"Hello, wife!!"

"Hello, husband!!"

짧은 인사로 화답하자 급기야 그는 자리에서 일어나 박수까지 보냈다.

"Congratulations!!"

"Congratulations!!"

잠시 후 어떤 여자가 웃으며 우릴 향해 걸어왔다. 웃으면서 너무 반갑게 다가오기에 처음에는 '우리가 아는 사람인가?'라고 착각할 정도였다. "Congratulations!!"이라고 말문을 열더니 잠시 머뭇거렸다.

'길을 물어보려나? 우리도 오늘 여기가 처음인데…'

그녀가 선글라스를 벗으며 말을 이어갔다.

"Can I ask you something?" (뭐 좀 물어봐도 될까?)

"Sure" (물론, 길만 빼고 뭐든지)

"Where did you get these shirts?" (이 티셔츠 어디서 샀어?)

우리를 본 다른 커플은 감탄사를 연발하며 연예인 대하듯 했다.

"Congratulations!!" (결혼 정말 축하해)

"Oh~So cute!!" (너희들 정말 귀엽다.)

"Lovely Shirt!! It's my thing!!" (어머나, 티셔츠 정말 내 스타일이야)

"Can I take a picture of you?"(내가 사진 좀 찍어가도 될까?)

티셔츠 한 장을 시작으로 첫날부터 활기가 넘치는 신혼 여행이 되었다. 그날 라오스에서 커플티를 입은 우리를 그냥 지나친 외국인은 거의 없었으며 모두 진심으로 결혼을 축하해 주었다.

호칭 정하기

"용녀, 용녀!"

〈순풍산부인과〉라는 시트콤을 보면 칠순이 넘은 나이의 부부임에도 아내의 이름을 부르는 모습이 나온다. 대부분 시간이 지나면 서로의 이름은 사라지고 '누구 아빠' 또는 '여보' '자기야' 아님 '야!' '어이구~ 인간아!' 등의 호칭으로 바뀌게 된다. 나도 그렇게 될까 두려운 마음에 남편에게 물었다.

"오빠! 우리도 서로 호칭을 정하는 게 어때? 오빠는 내가 뭐라고 불러줬으면 좋겠어?"

일 초의 망설임도 없이 남편이 대답했다.

"난 오빠!, 오빠라고 불러줘. 자기는 그럼 뭐라고 불러줄까?"

"난 내 이름. 다른 사람들 앞에서는 우리 기영이."

이렇게 서로의 호칭이 정해지고 우린 그때부터 각자 원하는 호칭을 계속 불러주었다.

"오빠! 이것 좀 해 주세요."

"오빠!"

"오빠?"

"오~빠"

주말 저녁, 남편과 산책을 마치고 근처 카페에 들렀다. 커피 두 잔과 젤라또를 주문했는데, 음료가 두 군데로 나뉘어 나왔다. 혼자 가져갈 수 없겠다는 생각에 멀찍이 떨어져 앉아있는 남편을 다급한 목소리로 불렀다.

"오빠~ 오빠! 오빠?"

그 순간, 남편을 비롯해 카페 안의 모든 남자가 일제히 고개 돌려 나를 바라보는 것이 아닌가?

P.S
그날 이후 '오빠'라는 호칭은 집에서만 사용하기로 했다.
친정에서도 사용하지 않기로 했다.
남편보다 친정 오빠가 먼저 반응하기 때문이다.

이 '말'을 꼭 살려야 합니다

"장가를 가더니 얼굴이 더 못해졌네?"
"어~유 아내가 밥도 안 해 주나 봐?"
"결혼하니까 힘들어?"

결혼생활은 '독박' 아님 '광박'이라고 한다. 원래 마른 체질이었던 남자가 결혼 후에도 살이 찌지 않으면, 쉽게 바뀌지 않는 그의 체질을 탓하는 게 아니라 오히려 그의 아내 탓을 한다. 다시 말해 결혼으로 인해 아내는 원래 남편의 마른 체질까지 모두 독박을 쓰게 되는 셈이다.

결혼 후 아내가 이런 소리를 듣지 않으려면 남편이 마른 체형이든, 뚱뚱한 체형이든 무조건 살부터 찌우고 볼 일이다. 그래서 나는 남편의 아침을 꼭 차려준다. 어느 날 아침, 남편이 고등어구이를 먹다 목에 가시가 걸려 병원에 간 적이 있다. 의사는 목에 생선 가시가 걸려온 사실보다도 요즘 세상에 아침부터 생선을 구워주는 아내가 있다는 것에 더 놀라워했다. 그렇다! 나는 그런 아내이다. 저녁마다 김치찜을 한 솥 끓여놓거나, 삼겹살에 된장찌개까지 제대로 된 밥상을 차린다. 결혼 전에는 다이어트를 한다고 꺼리던 치킨, 족발을 지금은 마음껏 즐긴다. 덕분에 남편은 주변에서 종종 '광박' 소리를 듣고 다닌다.

"장가가더니 얼굴이 더 좋아졌어."
"결혼하니까 좋은가 봐?"
"살찐 거 봐! 아내가 너무 잘 해 먹이는 거 아냐?"

그런데 예상치 못한 문제가 하나 생겼다. 바로 쇼핑에 제약이 생긴 것이다. 남편의 사이즈는 115까지 늘어났고, 한국브랜드 중에는 115까지 나오는 예쁜 옷이 거의 없었다. 기존의 옷은 모두 쫄쫄이가 되어갔고, 교복처럼 늘 똑같은 옷만 입을 수 없기에 처음으로 해외 직구를 시도했다. '폴로랄프로렌'의 티셔츠, 그것도 좀 더 있어 보인다는 블랙 라벨의 말이 옷 끄트머리에서 앙증맞게 뛰어다니는 것으로 주문했다.

2주 후 기다리던 택배가 오고, 포장지를 뜯었는데 마대 자루 2개가 나왔다. 옷깃의 단추를 풀지 않아도 머리가 그냥 들어갔다. 해외 직구, 완전 실패였다. 이 비싼 옷 두 벌을 그냥 날릴 수는 없었다. 세상에 안 되는 일이 어디 있을까? 동네에서 가장 잘 솜씨가 좋다는 수선집을 찾아갔다.

　"사장님, 입을 수만 있게 해 주세요."
　간절한 나의 부탁으로 옷을 유심히 이리저리 살펴보시더니 말씀하셨다.
　"이거 줄이고, 이건 뜯어내고…
　음, 잘하면 여기 '말'이 날아가겠는데요?"

　무슨 청천벽력 같은 소리인가? 폴로랄프로렌에 '말'이 날아가면 무슨 소용이 있는가?

　"안됩니다. 사장님 무조건 '말'을 살려야 해요!"
　사장님의 깊은 한숨이 끊이지 않았다.
　"아… 놓고 가세요. 제가 알아서 해 볼게요. 이틀 후 다시 찾으러 오세요."

미국에서 택배가 날아올 때보다 더 긴장이 되는 것은 남편도 마찬가지였다. 수선집에서 옷을 받자마자 '말'의 생사부터 확인했다. '말'은 살아있었다. 안도의 한숨과 함께 단추를 풀고 옷을 입어보았다. 수선은 아주 완벽에 가까웠다. 문제는 여전히 '말'이었다. 다른 폴로랄프로렌의 '말'은 여유 있게 넓은 지면을 뛰어다니는데 우리'말'은 티셔츠 끄트머리에서 필사적으로 매달려있었다.

P.S
티셔츠를 입은 남편보다 더 안쓰러운 건,
옷 끄트머리에 필사적으로 매달려있는 말이었다.
넓은 지면을 뛰어야 하는 건 '말'이 아니라 '남편'인지도 모르겠다.

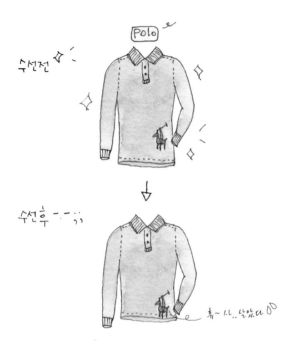

수선전

Polo

↓

수선후 --- ;;

흑~ㅅ..살았다 ○○

다..다행히 '팔'이 살아있습니다

불끈 쥔 두 주먹도 내려놓는다

 "먹은 것은 쓰레기통에 바로 버리면 안 돼?"
"양말도 그냥 빨래 바구니에 좀 넣어 주고…"

먼저 퇴근한 남편은 집에 오자마자 바나나와 비트즙을 먹고, 드레스 룸 바닥에 자신의 허물을 그대로 벗어 놓는다. 욕실 입구에 양말을 던져 놓고 샤워하러 간다. 남편은 굳이 알릴 필요가 없는 동선을 매일 그대로 남긴다. 퇴근 후 나의 폭풍 잔소리가 시작된다.

"도대체 빨래와 쓰레기는 **왜** 매일 여기 있는 건데?"

신경질적인 나의 말투와 달리 남편은 능청스럽게 대답했다.

"쓰레기통이랑 빨래 바구니가 너무 멀어."

다음날 쓰레기통과 빨래 바구니를 하나씩 사서 쓰레기통은 식탁 옆, 빨래 바구니는 욕실 문 앞에 보란 듯 갖다 놓았다. 하지만 남편은 달라지지 않았다.

"아니, 이제 쓰레기통이랑 바구니가 바로 옆에 있잖아?"

전혀 기죽지 않는 남편이 대답했다.

   "뚜껑이 있잖아!!!"
                       "열고, 닫기가 너무 귀찮아~!!"

P.S
이쯤 되면 절대 변하지 않는 것이다.
굳이 바꾸려고 감정 소모전을 벌일 필요가 없다.
그냥 뚜껑을 떼버린다.

그리고
남편의 있는 그대로를 받아들이면 된다.

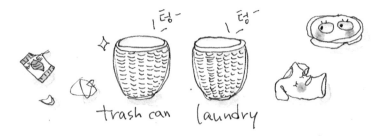

trash can   laundry

모든 걸 함께 할 필요는 없다

주말이면 목욕탕에 같이 간다. 남편은 세신 서비스와 사우나를 즐긴다. 그곳에다 자신의 용돈 대부분을 소비한다. 나는 목욕탕을 좋아하지 않는다. 나의 목욕시간은 1시간이면 충분한데 남편은 최소 2시간이다. 2시간 후, 로비에서 다시 만나기로 약속하고 헤어졌다. 목욕을 끝내고 밖에 나오니 여자를 기다리는 남자로 가득하다. 남자를 기다리는 여자는 오직 나 하나뿐이다. 옆에서 게임 하는 아들에게 핀잔을 주는 아저씨의 목소리가 들려온다.

"도대체 너희 엄마는 언제 나온다니?"

진짜 내 마음이 그랬다. 도대체 남편은 언제 나오는 것일까?

10분쯤 흘렀을까, 남편이 투덜거리며 모습을 드러낸다.

"목욕 2시간은 너무 짧아. 여유가 없어."

방법을 바꿀 필요가 있었다.
우리는 주말 서로에게 3시간을 주고, 각자 따로 보내기로 했다.
남편은 목욕탕, 나는 목욕탕 근처 카페.

괜히 서로에게 맞춘다고 티도 안 나는 희생을 할 바엔 각자 시간을 즐겁게 보내기로 했다. 굳이 싫어하는 음식을 꼭 같이 먹을 필요가 있을까? 각자 좋아하는 음식을 맛있게 먹고, 그 맛을 기분 좋게 전달해 주는 게 좋지 않을까? 그러다 언젠가 같이 먹고 싶어지면 그때 함께 하면 되지 않을까?

자신을 채운 후에야 비로소 상대도 채울 수 있지 않을까?

재능기부

　나는 청소를 아주 싫어한다. 더러운 것이 주변에 있어도, 그 더러움조차 잘 느끼지 못한다. 남편은 빨래를 아주 싫어한다. 양말을 뒤집는 것도 귀찮아하고, 옷을 가지런히 널어 말리는 것도 싫어하고, 정리는 더 싫어한다. 하지만 같은 공간에서 함께 살아가기 위해서는 누군가는 반드시 해야 할 일이었다.

　"집안일도 일종의 재능기부와 같은 거야. 서로 잘하는 것을 하되, 대가 없이 책임지기로 하자."

　나는 빨래와 주방, 남편은 청소를 맡았다.
　덕분에 나는 지금껏 한 번도 청소기를 잡아 본 적이 없다.

마트에 물걸레 청소기를 사러 갔을 때 직원이 나를 보며 작동법을 열심히 설명하기 시작했다. 가만히 지켜보던 남편이 슬며시 몸을 내밀었다.

"저기요? 설명은 저를 보고 해 주시면 됩니다. 제가 우리 집 청소 담당이거든요."

응급실

　남편 엉덩이에 조그마한 뾰루지가 생겼다. 나도 처음에는 모기에 물린 자국 같아 대수롭지 않게 여겼다. 하지만 다음날, 뾰루지가 붓기 시작했다. 20, 30대를 여드름으로 고생한 나는 남편에게 당장 피부과를 가보자고 했다.

　"부끄럽게 이거 가지고 무슨 병원을 가냐? 내가 알아서 할게."

　'내가 알아서 할게.'
　이 말의 폐해를 한 번쯤 겪어본 사람이라면 분명 알고 있을 것이다. 세상에서 가장 무책임한 말이 될 수 있다는 것을.

이틀이 지났다. 뾰루지는 더 이상의 뾰루지 형상을 하고 있지 않았다. 영역 확장이 시작된 것이다. 남편의 엉덩이는 절반 이상 빨갛게 퉁퉁 부어있었다. 그런데도 남편은 약국조차 가지 않았다.

"오빠, 이 정도면 병원 가야 하는 거 아니야?"
"괜찮아. 안되면 내일 회사 근처 피부과나 한번 가보지 뭐."

남자의 적은 병원일까?
왜 남자들은 병원 가는 걸 그토록 싫어하는 걸까?
남편은 이상한 변명까지 늘어놓기 시작했다.
"병원을 가면 내가 지는 것 같은 기분이 들어서 싫어."
"아니, 그럼 이길 줄 알았어?"
동네 피부과를 다녀왔음에도 불구하고 뾰루지는 더 세고 막강한 힘을 발휘했다. 남편의 한쪽 엉덩이를 모두 덮으면서 짝짝이로 만들어 놨다. 운전할 때도 똑바로 앉지 못해 한쪽으로만 힘을 주고 다녀야 했다. 몸이 조금씩 더 불편해지자 그제야 사태의 심각성을 파악한 남편의 입에서 기다리던 말이 튀어나왔다.

"나 병원 가야 할 것 같아."

하필이면 그날이 토요일 저녁이었다. 월요일까지 기다리자니 이틀은 너무 잔혹하고 길게 느껴졌다. 무작정 가까운 병원 응급실로 전화를 했다.

"남편의 엉덩이에 종기 같은 게 났는데, 그게 큰 바위처럼 한쪽 엉덩이를 다 덮고 있어서요. 혹시 지금 그 병원에 가면 진료가 가능할까요?"

앵무새처럼 똑같은 말을 여러 곳의 병원 응급실에 되풀이했다. 마침 어떤 병원 응급실의 허락이 떨어졌다. 응급실은 조금 한산했다. 우리에게 가장 큰 문제인 종기가 병원에서는 별거 아닌 것으로 치부될까 내심 불안하기도 했다. 남편의 엉덩이를 마주한 담당 의사가 아주 단호한 목소리로 말했다.

"찢읍시다."

"네?"

"이 안은 이미 다 곪아서 고름투성이입니다. 그리고 마취를 하려니 조금 애매한 것 같고… 일단 찢어서 안에 염증을 치료해야 합니다."

잠시 망설이는 남편에게 의사는 거침이 없었다.

I ♥ haspital

"환자분, 좀 아픕니다. 그래도 참으셔야 합니다."

의사의 매스는 드라마에서 본 그대로 진정한 써전
(Surgen)의 스킬을 선보였다. 마취 없이 남편은 외마디 비
명조차 지르지 않고 버텨내고 있었다. 찢은 상처 부위에
소독 거즈를 쓱쓱 집어넣었다.

"아!"

그 순간, 남편의 짧은 신음이 새어 나왔다.
완전한 패배였다. 그날 이후, 남편은 병을 상대로 이기
겠다는 꿈을 포기했다.

판도라의 상자, 괜히 열었다

계좌개설 인증 절차를 밟기 위해 남편의 이메일을 열었다.

수신함 맨 아래, 5년 전쯤 교제하던 여자 친구와 주고받은 메일이 있었다.

"오빠, 예쁜 다운이 사진 첨부해요."라는 제목이었다.

'열까? 말까?'

'에이~ 괜히 열었다가 나보다 클래스가 다르게 너무 예쁘면 어쩌지?'

'그래도 살짝 궁금하긴 한데…?'

몹쓸 호기심은 이후 벌어질 일을 전혀 예상하지 못했다.

뚜一둥!

클릭과 동시에 열린 문.
그 속의 사진은 내 눈을 의심하게 했다.
"아니, 이게 뭐야?"
순간 '나'인 줄 알았다.
사진 속 '예쁜 다운이'는 나랑 똑같은 스타일의 여자였다.

그러니까 남편은 과거에도, 현재에도 나 같은 스타일의
여자를 계속 좋아한 것이다.
판도라의 상자, 의외로 별거 아닐 때도 있다.

부부 싸움

나는 새벽형 인간이다. 밤 11시를 잘 넘기지 못한다. 특히 스트레스가 쌓였을 때는 더 일찍 잠자리에 든다. 연애 시절, 남편과 한 번의 위기가 있었다.

"우리 관계 다시 생각해 봐요."

이별 메시지를 보냈다. 새벽 2시쯤 남편에게서 전화가 왔다. 남편은 내가 혹시 자기 전화를 일부러 받지 않을까 봐 고민하다가 전화를 한 것이었다. 하지만 더 실망스러운 상황이 벌어졌다. 수화기 너머 잠에서 금방 깬 내 목소리가 들렸기 때문이다.

"잤어?"

"아…네."

"아니, 넌 어떻게 잠이 오냐? 이 상황에서?"

"밤이니까. 자야죠. 생각은 아침에…"

성향이 완전히 다른 우리 부부에게도 첫 부부 싸움이 있었다. 한바탕 말다툼을 한 후 남편은 거실에서, 나는 안방에서 경계의 각을 세우고 있었다. 11시를 넘기면서 화가 반쯤 풀린 남편이 못 이긴 척 안방으로 들어왔다. 남편이 상상하는 신혼부부의 싸움은 아내가 침대 한쪽 귀퉁이에서 새초롬하게 등을 돌린 채 잠든 척하며 남편을 기다리는 모습이었다. 그러나 현실 속 아내는 킹사이즈 침대 한중간에 양팔과 다리를 쭉 펼쳐 대(大)자로 꿀잠을 자는 것이었다.

'아!'

P.S

지금도 가끔 부부 싸움을 한다. 하지만 이제는 아무리 크게 싸워도 서로의 피부가 닿지 않으면 잠을 못 잔다.
그리고는 다음 날 아침,
아무 일 없다는 듯 서로에게 인사를 건넨다.

"굿모닝! 잘 잤어요?"

위기 때는 큰 그림을 그려라

구청에서 달갑지 않은 우편물을 한 통 받았다. 열어보니 생전 처음 보는 차량의 차 번호였다. 그렇지만 차주의 이름은 남편이었다. 지금껏 밀린 지방세, 세금, 각종 과태료가 800만 원이 넘었다. 20년 전, 어머님이 남편 명의로 아주버님께 양도한 자동차였다.

아주버님은 거듭된 사업 실패로 모든 과태료를 묵살하셨고, 결국 그 빚은 남편이 고스란히 떠안아야 했다. 나는 아주버님께 가서 당장 돈을 받아오라고 닦달하지 않았다. 어쩔 수 없이 주식통장을 털어야만 했다. 경제신문과 책을 사서 공부해 한 주씩 모은 주식을 처분해야 했다. 사실 그때 엄청 속상했다. 아직 머리가 쓸 만하다는 생각으로 재테크를 시작했고, 그렇게 시작된 투자는 재미와 수익이 솔솔 했다. 수많은 노력이 들어갔기에 바라보기만 해도 아깝고 귀한 돈이었다. 하지만 그 마음은 그리 오래가지 않았다.

시댁은 형제가 아주버님 한 분뿐이지만 친정은 다섯 남매이다. 혹시 친정에서 이와 같은 일이 생겨 남편이 당장 돈을 받아오라고 얘기한다면 마음이 너무 아플 것 같았다. '가지 많은 나무에 바람 잘 날 없다.'라는 말처럼 확률적으로 봐도 앞으로 이런 일이 생겨날 가능성은 시댁보다 친정이 더 높았다. 아주버님은 대학 시절 남편을 위해 많은 희생을 하셨다. 한창 좋을 스무 살 나이에 열 살 아래 남편을 보살펴야 했다. 그래서 아주버님은 대학 생활을 제대로 즐기지 못했다. 그 젊음과 맞바꾸기엔 이 돈은 결코 큰돈이 아니었다.

"아주버님이 돈이 있었으면 벌써 갚아주셨겠지?"

이런저런 내색 없이 주식을 처분해 일부를 갚고 나머지는 조금씩 갚아나가기로 했다. 그 마음이 고마운 걸까, 남편은 친정에서 '아들보다 더 나은 사위'가 되어가고 있었다.

P.S
나는 일부러 빚을 더 천천히 갚아나갔다.

대형마트 혼자 가는 아내

남편과 함께 대형마트를 간다.

살 것도 별로 없는데 카트를 밀고 들어간다.

시식 코너의 이모들이 제공하는 음식을 모두 받아먹는다.

그러고는 전부 맛있다면서 카트 안에 담는다.

특별히 찾는 게 없는데도 남편은 소스 코너 앞을 지나치지 못한다.

스테이크 소스와 치킨 스톡을 카트에 담는다.

"오빠, 우리 집에 스테이크도 없는데 왜 스테이크 소스를 사?"

"그냥 맛이 궁금하지 않아? 나중에 돈가스에 부어 먹어도 되고, 계란말이를 찍어 먹어 보려고…"

"그러면 치킨 스톡은?"

"백종원이 카레에 넣어 먹으면 맛있대. 카레도 사보자."

애초 5만 원을 계획하고 왔지만 10만 원 이상의 돈을 지출했다.

가계경제를 위해 대형마트는 가능한 남편 빼고 혼자 가기로 했다.

살 빠진 부자

    결혼 후 '살림'은 늘지 않고 '살'만 늘어나고 있다. 가계부를 쓴다. 우울하다. 수입은 한 달에 두 번밖에 쓸 기회가 없는데, 지출은 매일 칸을 가득 채운다. 남편의 용돈은 한 달에 10만 원. 술, 담배를 하지 않고, 친구들도 잘 만나지 못한다.(40대 중반의 남편 친구들은 가정과 직장에서 가장 바쁜 시기를 보내고 있다.) 그 외 주유비, 통신비는 일괄적으로 하나의 카드만 사용한다. 결혼하니 분명 수입은 두 배인데 저축은 오히려 줄어들었다. 혼자 살 때는 대충 거르거나, 때우던 저녁도 둘이 되니 제대로 먹게 된다. 주말에도 집에서 가볍게 먹는 일이 없다. 무조건 외식한다.

    "우리 이제 돈 좀 아껴 써야 하지 않아?"

"음, 내일부터 그렇게 하고 오늘은…"

말이 떨어지기가 무섭게 외식을 하거나, 배달 음식을 시키게 된다.

이 패턴은 매번 실패하는 다이어트와도 같다.

저축도 무조건 '내일부터'이다.

다행히 남편이 쇼핑을 좋아하지 않아 엄청나게 큰 지출은 없다.

하지만 남편의 옷차림을 신경 쓰지 않을 수 없었다.

"결혼하니까 힘들어? 옷이 왜 이래?"

"아내가 옷도 안 다려주니?"

"결혼하고 나더니 옷차림이 수수해졌어?"

소박한 차림으로 계속 나갔다가는 후줄근하다는 소리를 듣고 올지도 모른다. 옷을 전혀 신경 쓰지 않고 살아갈 수는 없는 일이다. 본격적으로 돈이 나가는 소리가 들린다.

이건 아니다 싶어 가계를 다시 재정비했다. 지출의 우선순위를 여행으로 정했다. 최소한 2년에 한 번 해외여행을 계획한다. 여행도 가고, 명품까지 살 수 있는 호사를 누리면 좋겠지만 거기까지는 못 된다. 대신 쇼핑은 여행지에서 한다. 이국적으로 디자인된 옷을 저렴하게 구매할 수 있고, 큰 사이즈가 많아 남편의 쇼핑 스트레스도 줄일 수 있다. 덕분에 남편의 옷장에는 속옷을 제외하고는 외국에서 직접 구해온 옷으로 가득하다. (지금은 해외여행을 가지 못하지만 3, 4년 전 구매한 옷들로 잘 버티고 있다.) 생일과 기념일은 간소화하기로 한다.

"생일인데, 결혼기념일인데 뭐 받았어?"

"아무것도 안 받았는데? 우린 그냥 여행 가려고…"

아무리 계획을 세워도 줄어들지 않고 있는 식비가 가장 큰 문제였다. 비교적 물가가 싼 동네로 이사 왔지만, 가격이 싸다는 이유로 하나 살 것을 두 개씩 사게 된다. 우리 부부의 연간 식비는 아프리카 개발도상국들의 1인당 GDP를 넘어섰다. 식비 지출도 재정비가 필요했다.

- 치킨은 2주에 한 번만 시켜 먹기(사실 이게 제일 힘들다.)
- 주 5일은 집밥 먹기
- 주말 중 하루만 외식하기
- 배달 음식도 일주일에 한 번만 먹기

이렇게 하면, 살이 빠지거나 아니면 부자가 되겠지?

Helper

평소 친분이 깊었던 목사님께서 탄자니아로 선교를 가게 되셨다. 농사용 비료를 후원하고 싶었지만, 당시 싱글이었던 내가 감당하기엔 부담이 컸다. 망설이고 있던 내게 남편이 먼저 조심스럽게 말을 꺼냈다.

"우리가 저 비료를 같이 맡으면 어떨까?"
그때 생각했다.
'이런 마음을 가진 사람과 미래를 같이 하면 참 좋겠다.'
넉넉하지는 않지만, 도움이 필요한 곳에 어떻게든 도우려고 양팔을 걷어붙이는 남편의 적극적인 행동이 마음에 들었다.

우연한 기회로 만난 새터민을 통해 탈북하는 과정을 자세히 들을 수 있었다. 그녀는 두 번이나 발각되어 북한 감옥으로 끌려갔다. 그곳에서의 갖은 고문과 동물보다 못한 취급을 당하면서 오른쪽 몸이 거의 마비되었다. 11월 추운 겨울밤 강물을 맨몸으로 건너 라오스와 태국을 지나 거의 6000km를 걸어 한국으로 왔다. 그녀를 보면서 생각했다. 하나님이 그녀를 덜 사랑해서도 아니고, 우리를 더 사랑하는 것도 아니다. 우리 부부에게 그녀보다 나은 환경을 주신 이유는 '값없이 받은 것에 먼저 감사하고, 네 이웃에게 값없이 나누어줘라.'라는 의미였을 것이다. 그것을 '오이 부부의 사명'이라 여기고, 결혼반지에 'Helper'라고 새겼다.

P.S
최근 알바니아의 선교사님이 쓰신 기도 편지를 보았다.
석회 없는 물, 햇빛이 잘 드는 집,
엘리베이터가 있는 집으로 이사할 수 있기를 기도하셨다.
깨끗한 물, 햇빛이 잘 드는 집,
엘리베이터가 있는 아파트에서 생활하고 있는 오이 부부,
모든 것에 감사한 마음이다.

어린 세훈이를 만나다

　결혼한 지 1년이 넘었는데도 아이가 생기지 않았다. 같은 해 결혼한 다른 부부는 태교 여행을 간다고 했다. 마음에 반항심이 생겼다. '그래! 삐뚤어질 테다. 가자! 우리는 수정 여행이다. 이것이 바로 원정 임신이 되는 거지.'

　괌은 제주도만큼이나 유명한, 가족 여행의 성지였다. 비행기만 타면 자던 내가 유일하게 한숨도 못 잔 비행이 바로 괌으로 가는 비행기 안이었다. 이륙하자마자 들떠 소리를 지르는 아이, 등받이를 발로 툭툭 차는 아이, 자꾸 우리 자리로 와서 "안녕"만 계속하는 아이로 인해 기내가 어수선했다. 하지만 시간이 지나자 아이들도 지쳤는지 하나, 둘 잠들기 시작했고 주변이 평온해 지면서 나도 깜박 잠이 들

었다. 몇 분도 채 지나지 않아 앙칼진 여자아이 목소리가
정적을 깼다.

"엄마! 나 물 줘! 나 목말라!"

짧은 단잠을 깨워 짜증이 치밀었지만 나도 곧 엄마가 될
지도 모른다는 생각에 꾹 참고 창밖을 내려다보았다.

괌에 도착하자마자 미리 신청해 놓은 씨 워커(sea
walker) 투어를 갔다. 씨 워커(sea walker)는 어항처럼 생
긴 산소 헬멧을 쓰고, 수심 5~10m의 바다 밑을 내려가 걸
으면서 물고기에게 밥을 주는 코스이다. 평소 수영도 잘하
고 운동신경이 뛰어난 남편의 표정이 자꾸 어두워졌다. 의
외였다. 바다 밑을 걷는 내내 알 수 없는 두려움과 겁에 질
려 물고기 밥도 제대로 주지 못했다. 반면 나는 먹이를 줄
때마다 내 앞에 펼쳐진 예쁜 물고기 떼에 정신이 팔려 남편
의 표정을 금방 잊어버렸다. 투어가 끝나고 물 밖으로 나
왔음에도 불구하고 남편의 표정은 밝지 않았다.

"오빠, 왜 그래? 몸이 안 좋아?"
"아니. 갑자기 뭔가가 떠올라서 그래."
"뭐가?"

"사실, 내가 10살 때 부모님이 잠시 별거 중이셨거든. 그때 형이랑 단둘이 잠깐 산 적이 있었는데… 형은 대학생이라 늦게 집에 오고, 나는 혼자 집에서 숙제하다 5시쯤 잠들었거든. 그러다가 꼭 8시쯤 잠에서 깼는데, 그때 온 집안과 세상이 너무 깜깜한 거야. 너무 무서워서 동네 어귀까지 나가서 매일 울었어. 형이 올 때까지. 아까 그 바다 밑에 들어갔을 때, 온 사방이 깜깜한 게 마치 칠흑 같은 어둠 알지? 그때랑 너무 똑같은 거야. 어둠이 다 삼킨다는 말, 나는 진짜 10살 때 알았다니까."

나는 꿈에서 새 생명을 얻지는 못했다. 대신 '어린 세훈이'를 얻었다.

P.S
안타깝게도 '어린 세훈이'는 지금도 계속 어린 것 같다.

오이부부

결혼하길 참 잘했어

"하나님께 꼭 붙어있으세요. 일주일에 한 번, 한 시간만으로는 부족하니 새벽에 와서 엎드려 기도하세요. 우리의 하나님은 모두 들어주십니다."

목사님의 말씀에 순종하기로 했다.

새벽 기도 첫째 날

5시 40분이 되자 잠에서 깨어나지 못한 남편을 뒤로하고, 전날 혼자 챙겨놓은 새벽 기도 가방(기도 노트와 작은 성경책, 필기도구가 든 가방)을 들고 비몽사몽한 얼굴로 교회를 다녀왔다.

새벽 기도 둘째 날

남편은 여전히 자고 있었고, 나는 새벽 기도를 위해 길을 나섰다. 작은 기적이 일어났다. 어제와 똑같은 새벽임에도 불구하고 눈도 쉽게 떠졌으며, 미처 보지 못했던 주변의 풍경이 눈에 들어오기 시작했다. 새벽 공기를 마시며 아파트 안을 조깅 하는 사람, 손을 꼭 잡고 산책하는 노부부도 있었다. 출근길인 듯 정장을 차려입은 중년 부인은 음식물 쓰레기를 비우고 있었다. 그 모습을 보며 반성과 다짐을 했다.

'세상에는 하나님을 믿지 않는 사람도 저렇게 부지런히 새벽을 깨우는데 나는 이 시각까지 잠만 자고 있었다니… 앞으로 새벽에 더 열심히 생활해야겠어.'

아파트를 빠져나와 큰 도로에 접어들 무렵, 남편에게서 전화가 왔다.

남편 이름이 뜬 전화기를 보며 혼자 피식 웃으며 생각했다.

'이제야 일어났군. 어디쯤이냐고 물어보고 같이 가자고 하겠지?'

기대감에 전화를 받았다.

"너 어디야?"

"나? 나는 지금 새벽 기도를 가는 중이지요?"

"그래서 지금 어디쯤이냐고요?"

"방금 아파트를 지나 교회 쪽 큰길로 접어들어 가고 있어요… 왜요?"

"너 근데 지금 몇 신 줄 알아?"

"응?"

"잔말 말고 빨리 집으로 와!"

도대체 왜 저러는지 이해가 되지 않다가 시계를 보았다. 6시 50분이었다.

맙소사! 5시 40분 알람 설정을 어제 하루만 해 놓은 것이었다. 그러니까 오늘은 평상시처럼 6시 40분에 일어나, 5시 40분으로 착각하고 교회로 향한 것이다. 뒷일은 상상만 해도 부끄럽다.

P.S

남편은 내가 택배를 가지러 밖으로 나간 줄 알았다고 했다.
한참을 기다려도 오지 않아, 전화한 것이었다.
정말이지, 아무리 생각해도 결혼하길 참 잘한 것 같다.

토닥토닥

　결혼한 지 2년이 다 되어간다. 나는 결혼을 하면 아이가 바로 생길 줄 알았다. 침대도 프레임이 아주 낮은 것으로 골랐으며, 처음부터 아이를 키울 환경을 고려해 신혼집을 구했다. 친정 언니와 엄마가 아이가 생기면 돌봐 주기로 했다. 둘째 아이를 갓 출산한 올케도 조카가 쓰던 모든 육아용품을 그대로 준다고 했다. 여자아이면 '수아', 남자 아니면 '하얼'로 이름도 지어놓았다. 어쩌다 생리가 늦어지면 혹시나 하는 마음에 몸과 마음을 가다듬고 행동을 조심스럽게 했다. 모든 게 완벽한 듯 보였지만 아이는 생기지 않았다. 많은 이들에게 당연했던 일이 우리에겐 결코 당연하지 않았고, 가장 어려운 숙제로 남게 되었다.

병원을 찾았다. 이런저런 검사를 했다. 난포가 작은 것 빼고는(이건 약물로 크게 키워졌다.) 어떤 문제도 없었다. 평소 생리통도 거의 없었으며 날짜도 정확했다. 병원을 옮겨 한의학적으로 접근을 해보았다. 지방에 있는 유명한 의원 두 곳을 예약하고 한참 만에 진맥을 받았다. 자궁벽도 튼튼하고 아주 건강하다고 했다. 좋은 밭(자궁)을 만들어 머리가 좋은 아이를 가질 수 있는 약재로 처방해 주신다는 말에 한약을 두 재나 더 지어먹었다. 머리 좋은 아이는커녕 내 머리도 그리 좋아지지 않았다.

다른 병원을 찾았다. 남편과 함께 오라고 했다. 술, 담배를 전혀 하지 않고 운동까지 잘하는 남편이기에 그의 올챙이(정자)들은 아주 건강했다. 수정 날짜를 받아왔다. 3번에 걸쳐 진행된 임신 프로젝트는 세상의 모든 임신 테스트기를 다 써보는 것으로 만족하고, 기대와 실망을 반복하며 끝이 났다. 이 시기의 부부관계는 하나도 즐겁지 않았다. 매일 일정한 시간을 정해 태아의 복을 달라고 기도했지만, 하나님은 유독 이 기도에만 침묵하셨다. 병원에서는 우리 부부처럼 원인을 알 수 없는 불임이 셀 수 없이 많다고 얘기하면서 시험관 시술을 권했다. 하지만 의사의 끝말이 귓가를 계속 맴돌았다.

"그런데 시험관 시술도 솔직히 인간의 영역은 아닙니다. 저희도 여기서 착상이 될지 안 될지 잘 모릅니다. 그저 이건 어디까지나 '신의 영역'이라고 할 수밖에 없습니다."

많은 생각이 꼬리에 꼬리를 물고 이어나가면서 우리는 조금씩 지쳐갔다.

남편이 먼저 말을 꺼냈다.

"기영아, 시험관 한번 해 보고 싶어?"

"아니, 나 안 하고 싶어. 시험관은…"

오히려 안도하는 남편의 표정이 의외였다.

"솔직히 말하면 나도 이렇게까지는 안 하고 싶어. 네가 하고 싶다고 하면 군소리 없이 하려고 물어본 거였어. 그냥 우리 아이는 자연의 섭리에 맡겨보자. 혹시라도 나중에 생기면 낳아서 잘 키워야지."

"너무 늦은 나이에 생기면 어쩌지?"

"음, 돈을 좀 더 모아놓을까? 더 나이 들어 생기면 체력도 안 되는데 돈까지 없으면 아이한테 많이 미안하잖아?"

우리 부부는 어쩌다 원치 않는 딩크족이 되어버렸다.

두 번 먹은 점심

아내에게 시댁이란?
남편에겐 처가란?
두 번 먹은 점심과도 같았다.

이미 점심은 먹었으나 쉽게 거절할 수 없는 상대로부터 식사제안을 받는다.

배도 부르고 그렇게 편한 자리는 아니지만 잘 보여야 하니 응할 수밖에 없다.

"아버님, 상견례는 언제로 할까요?"

"상견례? 그거 꼭 해야 하나? 살면서 사돈 얼굴 몇 번 본다고… 그냥 형식 절차 치우고 식장에서 얼굴 보고 인사하면 안 되니? 너희가 다 알아서 해."

누구에게나 시월드가 있다. 살아온 환경이 다른 만큼 오이 부부에는 이런 시월드가 있다. 남편은 오랜 독립생활로 아버지와의 관계는 어색한 편이었지만 결혼으로 인해 조금씩 개선돼 가고 있다. 아버님은 지적인 외모와 점잖은 말투로 인기가 많으시다. 어머님은 새 어머님이시며 예쁘고 깨끗한 것을 좋아하신다.

처음 시댁에 인사 가던 날, 어머님의 화장대를 보고 깜짝 놀랐다. 샤넬, 바비 브라운 등 명품 화장품을 비롯해 깨끗하게 정돈된 모습에 나이 드신 분의 화장대라는 것이 믿기질 않았다. '캐러멜 마키아토'라고 정확한 발음으로 주문하며, 나에게 샤넬 향수를 선물하시는 세련된 분이시다. 새하얀 수건과 행주를 사 주시면서 아무개 돌잔치, 고희연 등 글씨가 새겨진 것은 쓰지 말라고 하신다. '여자는 항상 예쁘게 다녀야 한다.'라는 것을 몸소 보여주신다.

나는 단 한 번도 설거지를 시댁에서 해 본 적이 없다. 항상 밥 대신 생과일주스나 차를 내주시고 식사는 주로 밖에서 해결했다. 명절 때 아침 일찍 시댁을 가면 차나 다과로 담소를 나누고 두 분을 큰 집에 모셔다드리면 일정 끝이었다. 시부모님들은 아들이 장가갈 때 한 푼도 도움을 주지 못한 것에 미안해하셨다. 며느리에게 뭔가 선물하고 싶어 명품 가방을 사 집으로 돌아오는 길에 비에 젖을까 아버님이 안고 뛰셨다고 들었다. 가끔 친정엄마가 짠 참기름도 마구 쓰기엔 아깝다며 나물 무칠 때만 사용하시고, 볶음 요리에는 시중 제품을 쓰신다. 해마다 친정에서 보내는 김치나 메밀묵, 쑥 절편 등을 아주 맛있게 드시는 모습에 음식을 전해드리는 우리 마음이 뿌듯할 때가 많다.

하지만 시댁은 시댁일 때가 있다. 이탈리아 여행을 준비할 때였다.

"어머님, 면세점에서 뭐 사다 드릴까요? 필요하신 거 없으세요?"

똑같은 질문에 친정엄마는 봉투를 건네며 여행길에서 맛있는 것 사 먹으라고 하셨고, 시어머님은 샤넬 립스틱 번호를 불러주셨다.

'요즘 저 색깔이 어머님들 사이에 트렌드구나.'

하나 더 구매하여 친정엄마에게도 사다 드렸다.

P.S

사위의 고충

- 친정에 갈 때마다 정치 성향이 정반대인 장인어른과
  몇 시간 동안 정치 얘기를 나눠야만 한다.
- 오리고기를 싫어하는 남편은 가장 큰 오리 다리를 떼 주는
  장인어른의 사랑을 매번 거절하지 못한다.
  (장인어른은 오리 백숙을 아주 좋아하신다.)

옛 어르신들 말씀이 틀릴 때도 있다

옛 어른들은 말씀하셨다.

"남편 외모 그거 하나도 중요하지 않다. 평생 그 외모만 바라보고 살 거냐?"

나를 데리러 온 남편을 본 수영장 언니들이 남편 외모를 두고 한마디씩 했다.

"우~와! 남편 분 잘생겼네요."

"완전 연예인 같네."

집으로 오는 내내 남편은 우쭐해했다.

"아까 들었지? 자기는 정말 행복한 줄 알아. 연예인 같은 남편과 살고 있으니까."

나도 모르게 콧방귀를 끼며 대답했다.

"뭐~ 하긴. 강호동도 연예인이니까."

솔직히 말은 그렇게 해도 내심 기분이 좋았다. 남편의 외모는 어딜 내놓아도 기가 죽지 않는 게 사실이다. 친정 엄마도 가끔 만나는 사람들에게 막냇사위를 소개하며 은근히 그들의 반응을 즐긴다. 평균 172㎝의 신장인 친정 남자들 속에서 남편은 장신에 속한다. 친정 오빠는 대한민국 남자의 평균 신장이라며 항상 자부하고 있지만. 수영과 검도로 다져진 몸에, 일머리까지 좋은 남편은 시골인 친정에 최적화된 일꾼이기도 하다. 쌀자루, 감자 박스, 배추 포기 등 뭐든 쉽게 들고, 옮기다 보니 친정 대소사는 남편 스케줄 중심으로 맞춰진다. 하지만 이건 어디까지나 가족 안에서 남편을 바라보는 시선일 뿐, 밖에서의 시선은 다르다.

곰도 집에서 키울 때 애완동물이지, 숲에서 만나면 야생동물인 것과 똑같다.

네비게이션을 따라가다 일방통행 도로에 진입했다. 때마침 반대편에서도 차가 나오고 있었다. 명백한 우리 잘못이기에 최대한 차를 갓길에 붙이고 상대편 운전자에게 욕먹을 각오를 하고 있었다. 예상대로 상대편 운전자의 창문이 우

그냥좋다 **105**

리 앞에서 내려졌고, 남편도 따라 창문을 내리며 말했다.

"죄송합니다. 저희가…"

남편의 모습을 본 상대 운전자는 갑자기 시선을 피하더니 내린 창문을 빠르게 올리며 대답했다.

"아. 네. 네~"

한 번은 장례식장에 다녀오는 길이었다. 앞 차가 급정거를 하는 바람에 우리도 같이 급히 브레이크를 밟았다. 뒤에서 급브레이크를 밟는 소리와 혼잣말인 듯한 욕설이 우릴 향해 날아왔다. 하필 양쪽 차 모두 창문이 내려져 있었다. 욕을 들은 남편이 뒤차를 향해 본능적으로 눈빛을 쏘아붙였고, 검은 양복을 입은 남편을 향해 운전자는 급히 두 손을 공손히 모으며 말했다.

"아! 죄송합니다. 죄송합니다. 얼른 가세요! 얼른 가세요!"

어르신들~
어르신들2~

P.S
어르신들! 가끔 남편의 외모도 중요한 것 같습니다.
물론 우리 남편은 외모보다 마음이 더 멋지지만 말입니다.

Part 3

결혼 6년차

오이부부

결혼 6년 차

에세이를 쓰고 있는데, 글감이 잘 떠오르지 않아 남편
에게 문자를 보냈다.

"여보, 요즘 내게 가장 마음에 안 드는 게 뭐야?"

남편에게서 곧바로 답장이 왔다.

"뚱뚱함?"

아- 놔-

결혼기념일

　오이 부부는 매년 결혼기념일을 맞아 결혼생활을 일 년 씩 연장하고 있다. 서로에게 너무 익숙해지지 말고, 조금 씩 조심하며 살자는 뜻으로 계약서를 만들었다. 하지만 매 년 계약서에 서명할 때마다 심사숙고하게 된다.

2020.3.21.

〈결혼 6주년〉 재계약서

남편 오세훈과 아내 이기영은 결혼기념일을 맞아
결혼생활을 1년 더 연장함에 동의합니다.

계약 기간
〈2021.3.21.～ 2022.3.21.〉

남편 오세훈 서명
아내 이기영

네 번째 만남

'오늘이 네 번째 만남인 것처럼 살자'

우리 부부가 생각하는 남녀 사이의 네 번째 만남은 약간의 스킨십에 이어 서로에 대한 두근거림이 남아 있는 상태이다. 방귀를 뀌거나 트림, 아무데서나 옷을 훌러덩 벗는 모습은 네 번째 만남에서는 상상하기 어렵다. 사람에 따라 기준은 다를 수 있겠지만 우리는 서로에게 너무 흐트러진 모습은 보이지 않기로 약속했다. 하지만 결혼 6년 차인 요즘, 주말 아침 나는 금방 잠에서 깬 머리와 파자마 차림으로 소파에 벌러덩 누워있다. '미래소년 코난'에 나오는 포비와 아주 흡사하다. 남편이 한마디 했다.

"여보, 아니 포비씨, 혹시 오늘이 우리 정글에서의 네 번째 만남이야?"

여자 셋

　해를 거듭할수록 남편의 티셔츠가 내 몸에 맞기 시작하고, 남편의 허벅지와 내 허벅지가 별반 차이가 없어 보인다. 친구들도 학교 동창으로 나뉘지 않고, 나이 구분 없이 그냥 결혼 한 친구와 안 한 친구로 나뉜다. 카페를 가면 푹신한 소파를 찾아, 앉자마자 신발부터 벗는다. 대화는 각자 남편 흉보기로 시작해 남편 흉보기로 끝이 난다. 그 틈에는 19금 이야기가 심심치 않게 흘러나온다. 친구 생일선물도 향수나 화장품이 아닌 그릇이나 주방용품, 가족 간의 식사로 대신한다. 커피보다 참기름, 김치나 배추 같은 먹거리들이 주로 오간다.

　"언니, 이번에 집 김장 몇 포기했어요?"

단희의 물음에 지혜가 말했다.

"글쎄…한 20포기쯤 될 걸?"

"에이~ 20포기? 그게 무슨 김장이야? 그건 겉절이지. 김장은 자고로 우리 집처럼 100포기는 넘게 해야 김장이라고 말할 수 있는 거야."

내 말에 두 사람의 눈이 동그랗게 커졌다.

불편한 진실

매일 아침 6시 30분이 되면 블루투스에 음악을 켜고, 앞치마를 맨다. 같은 메뉴를 두 번 이상 먹지 못하는 나의 식성 때문에 국은 매일 새로 끓이고, 반찬도 한번 먹을 양만 한다. 건강을 위해 식전 과일을 주먹만큼 깎아 접시에 미리 담아 놓는다. 물에는 레몬을 띄운다. 한참을 준비하다 보면 안방에서 잠에 깬 남편 나온다. 눈이 마주친다. 사랑스러운 말투로 인사한다.

"굿모닝! 잘 잤어요?"

남편이 씻는 동안 생선을 에어 프라이기에 넣어 돌린 뒤, 갖가지 반찬을 접시 위에 먹음직하게 담는다. 식탁 위에 테이블 매트를 깔고 수저 받침대를 올린다. 수저까지

가지런하게 세팅이 되면 남편이 식사를 시작한다. 그동안 나는 점심 도시락을 준비한다. 식사를 마친 남편은 내 볼에 키스하며 출근을 한다.

"사랑해요. 여보."

현관문 끝에서 까치발을 하고 고개만 내민 채 남편이 엘리베이터 타는 모습까지 지켜본다.

"잘 다녀오세요."

이건 어디까지나 3년 전까지의 아침 풍경이다.

지금은 완전히 다르다.

6시 30분 알람이 울린다. 바로 끈다.

"10분만 더…1분만 더…"

몇 분 후 남편의 전화기에서 알람이 울린다.

남편이 곧바로 자신의 전화기를 내 귀에 갖다 댄다. 마지못해 일어난다. 블루투스는 고장 난 지 한참 지나 어느덧 장식품이 되어버렸다. 식탁 의자에 걸려 있는 앞치마를 대충 동여맨다. 국은 3일 전에 큰 곰솥에 끓인 소고기 뭇국을 데우기만 한다. 식전 과일은 사과 반쪽으로 통일한 지 오래되었다. 물에는 여전히 레몬을 띄운다. 에어 프라이기에 햄과 통마늘을 함께 돌리고 시장에서 사 온 반찬을 접시에 담는다. 남편이 일어났다. 안방 문 귀퉁이에 기대어 등을 긁어댄다. 나와 눈이 마주친다. 한심한 눈빛으로 서로를 쳐다본다.

"으이그~~~"

씻고 나온 남편이 테이블 매트 위에 수저를 대충 놓고 엄청난 양의 국과 밥을 떠서 곧바로 식사한다. 나는 여전히 점심 도시락을 준비한다. 그저 반찬통을 채우는 데 급급한 도시락을 잠그며 말한다.

"여보, 내일은 그냥 밥 사 먹어요."

들은 척 만 척 남편은 고개만 끄덕인다.

식사 후 남편의 가글 소리가 온 집안을 울린다.

출근하는 남편의 배웅도 현관 입구에서 끝난다.

"제발 운전 좀 온유하게 하세요. 그리고 약도 챙겨 먹어요."

"당신이나 똑바로 하세요. 난 무사고 운전자거든요."

"이따 전화해요."

-쿵-

남편에게 운전을 배운다는 것

"여보, 나 차 살까?"

40도가 넘는 무더운 여름, 버스에서 내려 10분 이상을 걸으며 출퇴근했다.

땀으로 범벅이 된 화장, 선풍기 앞에 서서 바람을 맞는 내 모습에 괜히 짜증이 났다.

"여보, 나 진짜 차 살까?"

그해 겨울, 비싼 패딩을 입어도 술술 들어오는 칼바람과 빨개진 얼굴, 거기에 콧물까지 내 모습이 남루해 보이기까지 했다.

그래서 차를 샀다. 이제는 한겨울 결혼식장을 갈 때 기모 스타킹이 아닌 살구색 스타킹을 신고 갈 수 있다. 여름에는 에어컨 바람을 맞으며 뽀송뽀송한 메이크업을 유지한 채 출근할 수 있게 되었다.

문제는 운전이었다. 운전은 생각하는 것만큼 장밋빛 미래가 아니었다.

남편이 선뜻 연수 코치로 나섰다.

이게 화근 되었다.

"어이~ 이 여사! 오늘 안에 집에 갈 수 있는 거 맞아? 좀 더 밟으세요."

첫째 날, 남편은 강사처럼 꼬박꼬박 존댓말을 했지만 비아냥거림 그 자체였다.

잘 가고 있는데 갑자기 남편이 오른쪽 창문을 손바닥으로 툭툭 친다.

"저기요. 이 여사! 이쪽으로 너무 붙는다고요. 차선을 계속 밟고 왔다 갔다 한다고요."

소심해진 나는 급하게 브레이크를 밟았다. 브레이크 밟는 타이밍과 힘 조절에 실패했다. 남편의 몸이 앞으로 쏠리자, 경직된 자세를 유지하며 말했다.

"내가 언제 브레이크를 이렇게 밟던가요? 자기가 내 차를 탔을 때 단 한 번이라도 이런 자세가 나온 적이 있던가요?"

속에서 화가 조금씩 끓어오르기 시작했고, 남편의 말은 점점 더 짧아졌다.

둘째 날부터 내 이름은 '야!'로 바뀌었다.

"야!! 야!! 야! 아까부터 이쪽으로 너무 붙는다고 말했잖아."

"깜빡이. 좀!! 미리미리 넣으라고"

"또 직진이냐?"

"그냥 차 세워!"

"야! 좌회전."

"야! 차선 바꾸고."

"야~이!! 지금 말고. 이따가"

그러다 잠시 머뭇거리면 짜증 섞인 말투와 온통 찌푸린 표정이 한꺼번에 날아왔다.

"에이~~ 좀!"

  사람들이 언제 '기분이 더럽다.'라는 표현을 쓰는지 알 것 같았다. 도로 연수 내내 나의 인권은 없었다. 남편에게 존엄성이 마구 짓밟히는 순간이었다. 인권이 중요하며 국가인권위원회가 왜 존재하는지를 몸소 체감할 수가 있었다. 이제야 말하건대 남편에게 연수를 받는 내내 무언의 이혼 도장을 수백 번 찍었다.

P.S

우여곡절 끝에 받은 연수였지만 남편은 아직도 자신이 가장 친절한 운전 강사라고 자부한다. 하지만 나는 지금까지도 5년, 다(多) 사고 운전 경력을 가지고 있다. 주차할 때 남들은 손바닥을 천천히 돌리며 한 번에 성공하지만 나는 아직도 양손을 빠르게 돌리며 왔다 갔다 두, 세 번은 해야 성공한다. 가끔 날아오는 범칙금은 남편 몰래 처리하고 있다.

남편의 재발견

남편은 나에게 항상 관대한 편이다.

여행지에서도 금액과 상관없이 모두 사 준다.

신발이나 악세사리를 포함해 이것, 저것 고르다 미안한 마음에 남편에게도 권한다.

"오빠도 갖고 싶은 거 있으면 사!"

고개를 절레절레 흔들며 옅은 미소로 말한다.

"자기 사고 싶은 거 사. 나는 괜찮아."

세상에 이보다 더 스위트한 남편이 있을까?

하지만 그렇다고 해서 겉으로 보이는 이 관대함을 그대로 맹신해서는 안 된다.

인터넷 쇼핑으로 남편의 코트를 한 벌 주문했다.

"오빠, 오늘 오빠 코트 한 벌 샀어."

"내 거는 왜 사? 자기거나 사지… 난 옷 필요 없는 데…
근데 언제 와?"

택배가 오자마자 남편은 입어보지도 않고 가격표부터
떼버린다. 좀 작아 보이는데도 꼭 맞다 우긴다. 그리고 엄
청 좋아한다. 한마디로 남편은 당장 사고 싶은 게 없는 건
맞지만 사 주면 좋아했다. 화장품과 생활용품을 살 때도
나는 이 제품, 저 제품 바꿔가며 사는 데 남편은 늘 쓰던 제
품만 산다. 이 또한 아주 소박한 모습으로 보이지만 실상
은 그렇지 않다. 특히 욕실제품 중 값비싸 보이는 것이 있
으면 남편은 바로 뜯어 사용한다. 그러고는 기존에 쓰던
것은 아예 거들떠보지도 않는다. 주로 새것만 쓰고 끝까지
쓰지는 않는 편이다. 결국, 남편이 쓰다만 기존 샴푸는 내
가 물을 넣어 마무리하고, 클린저도 끝을 가위로 잘라 쓰
고, 치약도 통이 말끔해질 때까지 헹궈 쓴다.

자세히 들여다보면,
남편이 조금 럭셔리하게, 내가 조금 궁상맞게 살고 있다.

의리 형제

"동환 원장님, 오늘은 '숏 커트'로 잘라주세요."

"네? 아니, 사장님께서 괜찮으실까요?"(남편과 같은 미용실을 다닌다.)

"괜찮아요. 늘 똑같은 스타일의 여자랑 살면 지겹잖아요?"

나는 항상 변화를 추구한다. 얼굴을 제외하고는 스타일을 자주 바꾸는 편이다. 짧게 자른 머리는 아주 마음에 들었다. 집으로 먼저 돌아와 남편을 맞이했다. 현관문 앞에서 나를 본 남편의 반응이 썩 좋지 않았다.

"왜 그래?"

"왜? 잘 어울리지 않아?"

"아니, 안 어울리는 건 아닌데… 뭔가… 너무 짧잖아!"

"난 완전 마음에 드는 데… 별로야?"

"음…이건 뭐 지난번 처피뱅(눈썹 위로 일정하게 잘라 놓은 머리)보다 더 심하잖아!"

"오빠! 이 머리가 감기도 편하고, 얼마나 잘 마르는데… 암튼 나는 만족해요. 여봉"

그렇게 얘기하고는 뒤돌아 드레스 룸으로 향하는데 뒤통수에 대고 남편이 큰 목소리로 나를 불렀다.

"형!"

"?"

"형! 어디 가?"

"…"

"방금 앞모습은 그나마 여자 같았거든. 근데 뒷모습은 진짜 남자 같아 보여. 앞으로 내가 '형'이라고 부를게!"

그날 우리는 홍삼 광고처럼 형제가 되기로 했다.

"의리!"

"의리!"

Wiz style

P.S

다음 날 수영장에서 언니들에게 의리 일화를 전했다.
결혼생활 20년의 베테랑 언니가 덧붙였다.
"차라리 형이 낫다. 더 오래 살아봐. 머리를 깎았는지, 밀었는지,
뭘 했는지도 모른다. 우린 서로 생사만 확인한다."

바람을 피우면 어떡하지?

나는 전지현, 송혜교의 미모가 전혀 부럽지 않다. 부러워한다고 해서 내가 그들이 될 수 있는 건 아니기 때문이다. 그냥 있는 그대로의 건강한 내 모습에 감사하며 만족하며 살아간다. 그래서 자존감이 아주 높다. 무조건 '나' 자신이 우선이다.

드라이브하던 중 남편이 물었다.

"자기는 만약 내가 바람을 피우면 어떻게 할 거야?"

"음… 만약 오빠가 바람을 피운다… 나를 속이고? 그런데 차라리 그게 나아."

"뭐라고?"

"생각을 해봐. 만약 오빠가 바람을 피웠어. 물론 처음에는 배신감도 들고 마음도 아프겠지. 하지만 멀리 놓고 봤을 때 '그냥 내 인생에 똥 밟았구나.'라고 생각하고 빨리 치워 버리는 게 나아."

"치우다니!"

"그렇잖아. 이미 깨진 유리 공이야. 다시 붙일 수 없다고… 그러니까 얼른 잊고 새롭게 내 인생을 다시 찾아가야지."

약간 섭섭해하는 눈빛으로 남편이 나를 보고 있었지만 계속 말을 이어갔다.

"근데 최악의 시나리오는 내가 바람을 피운다는 거야. 어유… 생각만 해도 끔찍하다. 그게 얼마나 부끄러운 짓이야. 죄책감과 수치스러움을 죽을 때까지 가져가게 될 거 아니야?"

조금 당황한 기색의 남편이 고개를 절레절레 흔들었다.

"역시 달라. 이기영은… 어쨌거나 우리는 절대 그러면 안 돼. 설령 서로 용서했다고 해도 하나님이 절대로 용서하지 않으실 테니까…"

P.S
솔직히 말은 그렇게 했지만 나는 지금까지도 남편에게 혹시나 하는 마음에 영화표나 항공권조차 예매하는 법은 알려주지 않고 있다.

내 안에는 인어 공주가 산다

수영을 배운 지 1년, 몸무게는 그대로이지만 수영장을 다니는 재미가 있다.

특히 스타트, 출발점에서 자세를 잡고 휘슬과 함께 발가락에 힘을 주어 점프해 물속으로 쏙 빨려 들어가는 기분은 엄청난 매력이다. 물에 대한 공포심마저 없는 나는 되도록 높이 점프해 물속으로 멋있게 들어간다. 입수와 동시에 최대한 물이 밖으로 튀지 않고, 입수 후에도 웨이브를 하며 하늘하늘 앞으로 나아간다.

수영코치님이 회원들의 다이빙 모습을 모니터링 할 수 있도록 동영상을 찍어주었다. 모든 회원이 수영선수가 된 자신의 모습을 상상하며 순서에 맞춰 다이빙 스타트를 했

다. 녹화된 모니터를 보며 코치는 나의 다이빙 실력을 칭
찬해 주었다. 남편에게 자랑하고 싶어 다이빙 영상을 보여
주었다. 하지만 나의 기대와 달리 남편은 박장대소하기 시
작했다.

"기영아~ 다른 사람들은 다들 늘씬늘씬해서 한 마리의
인어 같은데… 자기는 펭귄 한 마리가 빙판 위를 삐죽삐죽
걸어 나와 물속으로 쏙 들어가는 것 같아."

"…"

"아이고, 배야~ 이거 다른 사람들한테는 차마 못 보여주
겠다. 그치?"

"내 몸이 어때서? SNS에도 올리고, 온 동네 다 올릴 거
야!"

P.S
결국, 다이빙 영상은 개인 소장용으로만 간직하고 있다.

…음 ^^;;

잉어
공주님?

2킬로그램의 위엄

다이어트 16일째 되던 날, 2킬로그램이 빠졌다.

거울을 보니 배도 좀 들어가고, 턱선도 갸름해진 것 같았다. 마치 10킬로그램 넘게 빠진 듯한 가벼움이 느껴졌다. 간헐적 단식으로 16시간의 공복 후 달걀 2개를 먹고, 접영 10개를 할 때 가장 힘들었다. 그래도 2킬로그램의 위엄은 하늘 높은 줄 모르고 치솟고 있었다. 몸에 딱 붙은 레깅스를 입고 뒤 돌아서 살짝 고개만 돌려 남편을 불렀다.

"여보, 나 마치 설현 같지 않아?"

단 1초의 망설임도 없이 남편이 대답했다.

"설현? 설현은 무슨!!!
설빙이다! 설빙!!
그것도 멜론 빙수!!"

아내의 유혹

거꾸로 뒤집어 입은 티셔츠.

쌀자루 같은 파자마.

와이파이 5G를 닮은 머리 스타일.

매일 아침의 내 모습이었다.

잘 때만큼은 조금 신경 써야 할 것 같아 파자마 세트를 주문했다.

절대 뒤집어 입을 일 없는 단추형 상의, 조금 타이트한 하의의 파자마였다.

색깔은 세련된 살구색 빛이 느껴지는 핑크였다.

입어보니 하체가 예상보다 몸에 꽉 끼었다.

그래도 입다 보면 늘어날 것 같아 그냥 입기로 했다.

파자마를 입고 안방 문기둥에 기대어 유혹하는 자세로 남편을 불렀다.

"오빠~! 오늘 밤 나 차도녀(차가운 도시의 여자) 같지 않나요?"

침대에 누워 폰을 보던 남편이 한마디 툭 던졌다.

"자기야~ 그냥 한 마리의 살구 돼지가 기둥에 서 있는 것 같아요. 난 오늘 밤 차도돼 (차가운 도시의 돼지)랑 같이 보내려니 겁이 나네요. 깔려 죽을까 봐."

같은 옷, 다른 세상

리즈시절 입던 원피스 중 브이넥 카라 주변을 퍼(Fur)로
장식된 옷이 있다.

그 옷을 입고 나가면 사람들이 하나같이 입을 모아 말
했다.

"어머~ 어디 선상 파티라도 가세요?"

어느 날, 그 옷이 생각나 다시 꺼내보았다. 엄청 작았다.

예전에 비해, 몸무게가 8킬로그램이 늘었기 때문이다.

신축성이 좋은 옷이라 몸에는 들어가니 일단 기분은 좋
았다.

선상 파티 찬사를 떠올리며 문을 박차고 남편에게 갔다.

"여보, 나 어때요?"

남편 눈앞에서 한 바퀴를 빙글빙글 돌았다.
기대에 찬 나의 눈빛과 달리 남편이 웃으며 말했다.

"만주에서 온 개장수 같아."

명품 내조

　남편 고교 동문 체육대회가 있는 날이었다. 남편은 처음 만났을 때부터 출신 고등학교에 대한 자부심이 대단했다. 특히 이번 체육대회 주체 기수가 남편 동기였기에, 단합은 엄청났다. 이미 사회에서 크게 기반을 잡은 동창들의 엄청난 기부금과 등산복, 가전, 음식, 기부 물품이 셀 수 없이 많았다. 전국 각지는 물론 미국에서 온 동기도 있었다. 스스로 총대를 메고 행사 운영진이 된 동기들은 합숙 회의까지 해 가며 열심이었다. '동기 사랑, 나라 사랑'이라는 말이 그냥 있는 게 아니었다.

　총동창회 체육대회 날, 우리 부부는 일찍 도착했다. 아는 사람 하나 없는 그곳에서 남편이 진짜 오세훈 서울시장인 것처럼 누군가에게 나를 소개하면 그저 웃으며 인사를 나눴다. 적어도 주방을 맡은 동창을 만나기 전까지는 그랬다.

"안녕하세요! 제수씨,
그런데 혹시 어묵 끼울 줄 아십니까?"

간식과 식사 담당을 맡은 남편 친구가 인사와 함께 질문을 건넸다. 그리고는 어묵 끼우기를 시작으로 테이블 재배치는 물론, 초면에 내 자리까지 지정해 주셨다. 체육대회 내내 나의 자리는 내빈석이 아닌 모든 음식을 담당하는 주방이었다. 수육과 무침, 회를 나눠 접시에 담아내고, 밥과 국을 배식하고, 간식을 요청하는 사람이 있으면 간식을 담아주었다. 몇몇 동창 아내들은 체육대회와는 어울리지 않는 의상과 명품 가방을 들고, 내가 배식해 준 음식을 맛있게 먹은 뒤 소화도 시키고 상품을 탈 요량으로 체육대회에 참가했다. 드디어 하이라이트인 경품 추첨 순서가 되었다. 1등 명품 가방, 2등 가전, 3등 명품 지갑, 4등 다이슨 드라이어, 5등 생활용품까지 푸짐했다. 그때 처음으로 주방을 벗어나 내빈석에 앉아 내심 기대하고 있었다.

'오늘 하루 이렇게 생고생을 했는데 하나님도 모른 척하
시지는 않겠지?'

체육대회에 오기 전, 교회에서 기도했었다.
'주님, 우리 가정에 꼭 필요한 경품이 당첨되게 해 주세요.'
하지만 내가 뽑은 경품은 고구마 한 박스였다. 그 순간
차를 타고 체육대회 장소로 이동하면서 마트 앞에 진열된
고구마를 보며 혼잣말을 했던 기억이 떠올랐다.
"아~ 맞다! 우리 고구마도 사야 하는데…"(입이 방정이
었다.)

다음날, 남편에게서 흥분된 목소리로 전화가 걸려왔다.
"기영아, 지금 동창회 게시판에 오세훈 장가 잘 갔다고
난리가 났다."
"응? 아니, 왜?"
"동기들 얘기가 일부 동창 아내들은 그런데 오면 손가락
까닥 안 하고, 먹기만 하고 치우지도 않는데 어제 자기가
주방에서 열심히 일하는 거 본 친구들이 꽤 있었나 봐."

후일담을 전하는 남편의 어깨에 뽕이 서너 개 더 올라가
있었다.

P.S
나는 이렇게 명품 내조를 했다.
하지만 그대들은 명품 가방을 옆에다 두고 우아하게 체육대회를
즐기시길 바란다

낚시, 오세훈 히트!

"기영아! 이제 내가 원하는 걸 자기가 같이 해줬으면 해. 자기가 하고 싶다는 것은 맨날 내가 같이 해줬으니까."

굉장히 아이러니한 상황이 발생할 때가 있다. 내가 항상 남편에게 맞춰주고 있다고 생각했지, 남편이 나에게 맞춰 주고 있다는 생각은 거의 하지 않았었다. 그 부분에서 남 편도 마찬가지였던 모양이다.

"뭐가 하고 싶어?"
"낚시 가자."
며칠째 '도시어부(TV 채널A - 낚시 버라이어티 예능)'를 봐도 너무 봤다.

"그래, 가자! 내가 미리 말해 두는데 오빠는 여복과 어복은 분명 있을 거야."

"여복은 아직 잘 모르겠고, 어복은 있을 것 같아."

며칠 전부터 한껏 기분이 들떠있던 남편.

고속도로 휴게소에서 절정에 이르렀다.

"기영아! 먹고 싶은 거 있으면 말해. 오빠가 다 사 줄게. 감자? 소떡소떡? 핫바?"

선착장에 도착했다.

선장님의 설명이 끝나기도 전, 조금 걱정스러운 표정으로 남편이 말했다.

"우리 아이스박스가 작지는 않겠지?"

남편은 이미 만선의 꿈에 젖어있었다. 파도가 아주 심해 고기를 잘 잡을 수 있다는 얘기도 한몫했다. 남편은 파도가 심하다는 말은 한쪽 귀로 흘려듣고, 오로지 고기가 잘 잡힌다는 말만 새겨들은 듯했다. 남편의 표정이 한껏 밝아졌다. 하지만 파도는 심했다. 파도에 배가 부딪치면서 배 안으로 물도 들어오고 흔들림은 더해져만 갔다. 첫 번째 포인트에서의 볼락(양볼락과의 바닷물고기)낚시가 시작되었다. 낚싯대만 바다에 살짝 담갔을 뿐인데 물고기가 바늘

고리, 고리마다 걸려 올라왔다. 흔히 얘기하는 물 반, 고기 반이었다. '도시어부' 보다 우리가 한 수 위인 것처럼 느껴졌다.

두 번째 포인트로 옮겨갈 때, 배가 크게 휘청거릴 정도로 파도가 높아졌다. 원래 멀미가 없던 나는 전혀 개의치 않았지만, 남편은 본격적으로 멀미가 시작되었다. 둔한 성격의 남편도 뱃멀미 앞에서는 완전히 속수무책이었다. 몸도 제대로 가누지 못하고 선실 안으로 들어갔다. 좁디좁은 나무 침대에 몸을 끼워 넣으면서 낚싯대를 나에게 건넸다.

"이기영! 히트! (Hit-대상어가 미끼를 먹어 낚싯바늘에 걸리게끔 하는 순간의 동작이나 행위를 할 때 외침)"

진짜 '히트'였다. 낚시가 이렇게 쉬운 건 줄 미처 몰랐다. 포인트마다 '대 히트'를 쳤던 나는 여유가 있을 때마다 고개를 돌려 선실 안을 살펴보았다. 멀미로 고생하던 어르신들도 앉아계시는데 남편은 혼자 선실을 독차지하며 누워있었다. 자리가 좁아 다리도 제대로 뻗지 못하는 어르신이 나보다 더 측은한 눈길로 남편을 바라보았다.

그날, 돌아오는 차 안에서 남편은 말이 없었다.
휴게소도 그냥 패스했다.

P.S
며칠 후, 남편이 말했다.
"그땐 멀미약이 약해서 그래~!"

조카 사랑, 나라 사랑

조카들의 싸움이 시작되었다. 화가 난 올케가 엄포를 놓는다.

"너희 둘 자꾸 싸우면 한 명은 고모 집으로 보내 버린다!"

싸움을 멈추기 위한 처방이었으나, 조카들은 더 큰 소리로 싸운다.

"내가 갈 거야! 고모 집에!"

"아니야, 내가 가서 살 거야! 언니는 그냥 여기서 엄마랑 아빠랑 살아."

어느 날, 네 번째 조카에게 전화가 걸려왔다.

"고모, 어린이날인데 뭐 사 주실 거예요?"

"웅이는 뭐 가지고 싶어?"

"음~고모, 이마트에 가면 팽이가 세 개짜리 있거든요. 그거랑 터닝메카드요."

옆에서 듣고 있던 친정 오빠가 전화기를 뺏으며 말한다.

"자꾸 이런 거 사 주지 마! 얘네들은 너희를 봉으로 안다고!"

"뭐 어때? 나쁘지 않은데? 살면서 내 인생에 봉이 한 명쯤 있다는 건 괜찮지 않아?"

주말마다 조카와 같이 목욕탕을 가는 남편이 등을 밀어주며 말했다.

"나중에 고모부가 늙고 힘이 없으면 네가 지금처럼 고모부 등을 밀어줘야 해."

"고모부! 고모부는 늙어도 힘이 셀 것 같은데요?"

돌도 지나지 않은 막내 조카를 돌보다가 어느덧 육아의 신이 되었고, 이미 성인이 된 조카에게는 용돈으로 존재를 알리고 있다. 조카에 대한 사랑을 담은 "고모 송(song)"이라는 노래는 오이 부부의 또 다른 유쾌함이 담겨 있다.

P.S

조카 소연이가 딸기 잼을 바른 빵을 먹고 싶다고 했다.
아침부터 빵집으로 달려가 딸기잼 한 통과 식빵 한 줄을 샀다.
소연이는 잼 바른 빵을 하나만 먹더니 배가 부르다고 했다.
세상에서 가장 비싼 빵과 잼을 산 기분이었지만,
빵 봉지를 묶으며 말했다.

"그래~ 그만 먹자!"

정치 성향

"으이구~ 이게 말이 되는 소리야? 국민이 바보인 줄 알아?"

아침 식사 도중, 남편이 인터넷 뉴스를 스크롤하며 비판하기 시작했다.

반찬을 접시에 놓으며 슬쩍 남편이 읽고 있는 기사를 훑어 내려갔다.

"난 그 정치인이 그렇게 잘못한 건 아니라고 생각하는데…?"

순간적으로 남편의 숟가락이 공중에서 멈췄고, 눈이 삼각형으로 변했다.

전쟁 발발!!

완벽하게 정치 성향이 다른 우리는 선거일 투표 후에도
아주 철저하다.

"당신은 누구 찍었어?"

"여보, 대한민국은 비밀투표입니다."

부부 사이에도 비밀은 필요하다.

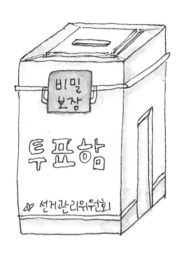

Oh! My GOD!

신혼 초, '신이 보낸 사람'이라는 기독교 영화를 같이 보았다. 집으로 돌아오는 길, 남편은 북한 정부가 기독교인들을 무력으로 박해하는 장면을 떠올리며 말했다.

"기영아! 만약에 네가 내 눈앞에서 종교로 인해 그런 고문을 당한다면, 난 당장 그 자리에서 개종할 것 같아. 진짜 못 견디고 '나 지금부터 하나님 안 믿을 거예요.' 할 것 같아."

"그렇죠? 나도 그런 상황에서는 믿음 지킨다는 게 엄청 힘들 것 같아요."

결혼생활 6년, '신이 보낸 사람'을 TV에서 다시 보고 있을 때였다.

똑같은 장면이 나왔다.

"기영아! 나는 있지…요즘 네가 하는 행동을 보면…(분노의 한숨) 이제는 저런 상황이 와도 나는 믿음을 끝까지 지킬 수 있을 것 같아. 무조건 참고 견딜 수 있어."

신혼 초의 대답과 완전히 다른 남편의 모습에 이를 꽉 깨물고 대답했다.

"그래요. 여보, 가끔 나의 기도가 바로 응답이 되지 않은 게 참 다행이라 생각해요. 만약 기도가 즉각, 즉각 이뤄졌으면 당신은 지금쯤 병원에 있을지도 몰라요."

Part 4

이 부부의 미래

이 부부의 미래

평소 차 욕심이 없던 남편이 앞서가던 카니발을 보며 말한다.

"우리도 다음에는 카니발을 사야겠어."

뒷좌석에 타고 있던 큰 언니가 묻는다.

"제부, 탈 사람이 기영이랑 둘뿐인데, 저렇게 큰 차가 왜 필요해요?"

"음~ 우리 기영이를 연예인처럼 뒤에 태우고 다니려고요."

오이 부부 라이프 스타일

10대 한국인으로서 규칙을 잘 준수하며 살아왔다.

20대 미국인들처럼 자유롭게 꿈을 좇으며 살아왔다.

30,40대 유럽인들처럼 적당한 쉼과 여유를 누리며 살아 가고 싶다.

50,60대 일본인들처럼 소박한 삶을 살아가고 싶다.

70대, 그 이후부터는 자연인처럼 자연을 벗 삼아 살고 싶다. 도시와 너무 떨어진 곳이 아닌 골든 타임권(구급차가 골든타임 안에 올 수 있는 지역권 - 오이 부부가 만들어 낸 지역권)안에서 살고 싶다.

아줌마와 아저씨

　　채소가게의 진열된 채소를 아무 생각 없이 스쳐 지나가는데, 직원이 말했다.

　　"예쁜 언니! 배추 하나 사 가세요."

　　'예쁜 언니?'

　　예쁜 언니라는 말에 몸이 먼저 반응했다.

　　"이거 얼마예요?"

　　냉장고에 쌓여있는 배추를 본 남편이 말했다.

　　"고령(친정)에 지천으로 널린 게 배추인데 왜 샀어?"

　　"으응… 채소가게 직원이 나더러 '예쁜 언니'라고 불러서… 마음 같아선 가게 채소를 통째 사고 싶었는데 억지로 참았어."

결혼 4년 차가 될 때까지만 해도 주변에서 '아줌마' 소리를 듣지 않았다.

그때가 마지막이었음을 기억한다.

내 인생에 '아가씨'로 불리던 마지막 순간이었음을.

결혼생활은 아주 편했다. 편안함은 가장 먼저 몸으로 찾아왔다. 점점 후덕해지더니 자꾸 편한 것만 찾게 되었다. 잃어버린 핸드폰을 동네 지구대에서 보관하고 있다는 연락을 받았다. 지구대 안을 두리번거리며 핸드폰을 찾으러 왔다고 얘기하니 곧바로 경찰관이 자리를 안내했다.

"아주머니, 일단 여기 앉으세요!"

'아주머니'라는 말에 마음이 휘청했지만, 의자 팔걸이를 꽉 잡으며 앉았다. 핸드폰을 찾은 기쁨보다 '아주머니' 소리만 계속 귓가를 맴돌았다.

'아니야, 옷을 너무 편하게 입어서 그렇게 보일 거야. 옷만 제대로 다시 갖춰 입으면 괜찮을 거야.'

동네 빨래방을 갔다. 빨래방 할인 행사 중이라 사람들이 붐볐다. 맨 마지막으로 가서 줄을 서고 기다리는데, 앞사람이 뒤돌아보며 말했다.

"아줌마, 잠깐 내 자리 맡아 줄 수 있어요? 차에 좀 다녀올게요."

뒤숭숭한 마음에 대기 줄까지 길어 그곳을 박차고 나왔다. (아줌마 소리를 들어서 나온 건 절대 아니었음을 밝힌다.) 다른 빨래방으로 발길을 돌렸다. 두꺼운 담요를 세탁하러 온 할아버지와 손자만 있을 뿐 한산했다. 이불을 넣고 건조가 되는 동안 배가 출출해 가지고 온 떡을 꺼냈다. 혼자 먹기 불편한 마음에 할아버지께 나눠드렸다. 할아버지가 손자에게 떡을 건네며 말씀하셨다.

"앞에 계신 아주머니께서 떡을 주시네. 같이 먹자."

완전 빼박(빼지도 박지도)이었다. 점점 아주머니 소리에 익숙해지고 있다. 냉장고에는 달걀이 가득해야 하고, 욕실에는 일주일 동안 쓸 수건이 빼곡히 정리돼 있어야 안정감이 느껴진다. 샴푸와 치약, 세제를 미리미리 준비해놓을 때, 행주를 삶을 때 가장 마음이 홀가분하다. 영락없는 아줌마가 되었다.

시장에서 할머니가 남편에게 '총각'이라고 불렀다.
좋아서 어쩔 줄을 모르는 남편, 영락없는 아저씨다.

P.S

요즘은 마스크 덕분에 연세 드신 분들이 가끔 아가씨라고 불러준다.
코로나가 준 혜택이다.
언젠가는 '아주머니'라는 존칭마저 그리워질 날이 오겠지?
그것만큼은 최대한, 아주 늦게 찾아와주길 바란다.

마음 탄탄

"쟤는 누구야? 예쁘네."
"블핑의 제니!"
"부을 핑? 불핑이 뭔데?"
"아니, 블랙핑크!"

남편은 걸그룹을 좋아한다. 웬만해서는 모르는 걸그룹
이 없다. 하루하루 걸그룹과 멀어져 가는 내 몸매를 보며
미안한 마음에 그런 남편을 지지해 준다.

"내가 걸그룹이 되어 줄 수가 없으니 많이 즐겨~. 여보!"

요즘 남편은 어깨가 좋지 않아 병원에 다니고 있다. 일
주일에 한 번 치료를 받으러 갈 때마다 멋을 부린다. 병원
간호사가 예쁘고 친절하다고 했다. 대답도 요즘 애교 많은

20대처럼 말끝에 힘을 주어 "넹"이라고 대답한다. 아파서 병원 가는 사람이 향수를 뿌린다. 옆에서 지켜보던 내가 말했다.

"그렇게 향수를 많이 뿌리면 티 나. 매력 없어. 은근히 나는 향이 매력적인 거야."

뿌리던 향수를 멈추고 남편은 다시 머리를 손질한다. 일할 땐 올라가지 않던 팔이 머리 손질에는 자연스럽다. 병원을 다녀온 남편은 전혀 아픈 사람 같지 않고, 얼굴에서 오히려 생기가 돈다. 완전 마음 탄탄이다.

P.S
어깨 수술을 한 남편은 수술 부위가 아파 향수를 뿌릴 힘도,
마음의 여유도 잃어버렸다.
진심으로 남편의 빠른 회복을 소망한다.

아직 밀당(밀고 당기기)을 한다

얼마 전, 잘못 걸려온 전화 한 통을 받았다.

전화를 끊고 한참 후 문자가 왔다.

"비록 잘못 건 전화이긴 하지만 예쁘고 상냥한 목소리를 들으니 기분이 좋아지네요."

문자를 보며 '참 용기가 넘치는 남자구나' 싶었다. 슬쩍 문자를 본 남편이 말했다.

"아줌마한테도 작업하나?"

핸드폰을 가져간 남편은 번호를 삭제했다. 통화 버튼을 누르지 않은 게 다행이라고 생각할 즈음, 핸드폰 잠금 버튼을 바꾸면서 얘기했다.

"자기 잠금 버튼도 이제 나랑 똑같은 패턴으로 해 놨어."

결혼 후에도, 나는 여전히 여자이다.

남편도 여전히 남자이다.

나는 아직도 남편과 밀당(밀고, 당기기)을 한다. "남자는 잡으면 도망간다."라는 말이 있다. 너무 집착하거나 관심을 보이면 남자는 부담을 느끼거나 상대에게 매력을 느끼지 못한다는 의미에서 하는 말이다. 그래서 나는 남편을 잡으려고 하지 않는다. 나를 따를 수 있게끔 유도할 뿐이다.

나는 축구선수 손흥민을 좋아한다. 손 선수의 모든 경기를 관전한다. 손 선수의 경기가 있는 날에는 아침밥에 신경을 쓴다. 경기가 주로 새벽에 끝나 시간적 여유가 있다. 남편이 좋아하는 스팸 김밥과 아보카도 샐러드, 어묵탕을 끓인다. 남편은 썰어 놓은 김밥 끄트머리만 골라 크게 한입 넣고는 우적우적 씹으며 말한다.

"오! 오늘 홍민이~! 골 넣었네!"

나는 여전히 걸그룹에게는 관심이 없다.

하지만 남편은 아내가 좋아하는 손흥민 선수에게 관심이 많다.

P.S
참 애쓴다. 오이 부부!!

미래 보험, 건강

이런 상상을 해 본 적이 있다.

요식업계 회사에 면접을 본다.

면접관이 묻는다.

"혹시 이런 쪽으로 일은 해 보신 적 있으세요?"

양손으로 무릎에 쓱쓱 문지르며 대답한다.

"경험은 없고요. 남편의 건강을 위해 6년 동안 도시락을 싸 왔습니다."

-합격!-

종기 사건 이후 남편은 병원도 아주 잘 가고 건강검진도 꼬박꼬박 잘 챙긴다. 어깨 수술을 위해 검사하던 중 2년 전검진 때보다 당 수치가 높게 나왔다. 몇 년 전 우리 부부는 건선, 고혈압과 전쟁을 치른 바 있다. 당연히 승리했다. 이번에는 당과의 전쟁이 시작되었다.

우선 냉장고를 정리한다. 아이스크림, 빵, 음료수를 모두 비워내고 양배추, 브로콜리, 토마토 등 각종 채소로 채운다. 이제는 요령이 생겨 채소도 하나, 하나 썰지 않고 손질된 것으로 산다. 식단에 맞는 도시락을 싸 줄 엄두가 나지 않아 시중의 '저혈당 도시락'을 주문했다. 한 개씩 꺼내 전자레인지에 돌려먹으면 된다.

매일 싸던 도시락 부담은 조금 줄었지만, 아예 일이 없는 건 아니다. 식전에 먹을 양배추를 통에 나눠 담고, 오이와 토마토 같은 간식거리도 함께 넣어 준다. 밥도 따로 조금 더 챙긴다. (주문 도시락은 밥이 엄청 적다.) 예전에는 몸이 조금 피곤하면 즉석 밥과 스팸 하나, 달걀 하나를 구워주면 그만인데 지금은 그럴 수 없어 가끔 힘에 부칠 때가 있다. 그렇지만 남편이 예상보다 모든 식단을 잘 따라주어 힘이 난다. 정말 말 안 듣는 남편이었다면 어떻게 했을까? 상상만으로도 끔찍하다. 남편은 밀가루 음식과 그렇게 좋아하던 치킨을 끊었다. 운동도 꾸준히 했다. 남편의 최고의 장점은 뭐든 마음먹은 대로 하는 성격에 있다. 다행히 남편의 혈당은 정상치로 떨어지고, 승리의 고지도 눈앞에 두고 있다.

기쁨도 잠시, 이제는 나이 들었다는 것을 몸이 먼저 말해주고 있다. 주변에서도 모두 '건강관리를 해야 한다.'라고 입을 모은다. 건강에 자신할 수 있는 사람이 얼마나 될까? 세 가지 전쟁을 치르고 얻은 결론은 몸에 좋은 음식을 먹기보다는 나쁜 음식을 피하는 게 우선인 것 같다. 그리고 건강검진과 꾸준한 운동이 아닐까 싶다.

P.S
우리 부부는 주기적으로 보험도 다시 점검한다. (보험 PPL은 아님)
이것 또한 미래를 위한 준비 중 하나라고 생각한다.

Blessed Sunday (축복받은 일요일)

"교회를 왜 그렇게 멀리 다녀? 집 가까운데 다니면 시간도 절약되고 좋을 텐데?"

일요일에는 교회를 간다. 자동차로 40분 거리이지만, 우리를 단단하게 만들어 주는 시간이기도 하다. 아침에 만든 커피와 샌드위치를 차 안에서 먹으며 이동한다.

"좀 싱겁지 않아?"
"아냐, 괜찮아. 헤이즐넛 커피 향 좋은데…?"
"오늘 점심은 뭐 먹을까?"
"부대찌개?"
"아니, 지겨워!"

"국밥은 어때?"

"이 날씨에 무슨 국밥이야?"

"이번에는 내가 먹자는 거 좀 먹자. 매일 자기가 좋아하는 거 먹었잖아!"

"매일? 언제? 도대체 누구랑 밥을 먹은 거야?"

눈을 동그랗게 뜨고 서로를 쳐다보다가 참는다.

왜냐면 오늘은 예배를 드리는 날이니까.

예배 시작 전, 목사님께서 말씀하신다.

"한 주간의 일을 회개하는 기도의 시간을 갖겠습니다."

깊은 한숨 끝에 우리는 기도를 시작한다.

"오~주여!"

예배를 끝내고 손을 잡고 나온다.

"당신 먹고 싶은 거 먹어요. 국밥 먹을까요?"

"아니야. 오래간만에 부대찌개 먹자."

돌아오는 길, 대화도 화기애애하다.

"자기, 이 노래 들어봤어?"

"누구 노래야?"

"특히, 이 부분 클라이맥스! 전율이 느껴지지 않아?"

"여보, 영화 미나리 엘렌 킴 수상소감 봤어요? 정말 귀여워요."

"쟤 몇 살이야?"

"아! 엄마 백신 맞으신다고 했는데…"

"어머님 괜찮으실까? 전화해보자!"

곧바로 친정엄마에게 전화한다.

"어머니, 백신 맞으신다면서요?"

오이 부부, 우리도 주식 한다

"기영아! 너희가 그때 그 집을 샀어야 했어. 집값 오른 것 좀 봐!"

"너희는 왜 주택 청약을 안 해?"

"내 친구가 지난번에 산 그 아파트가 벌써 몇 억이나 올랐잖아?"

'어떻게 살아갈 것인가? 어떻게 돈을 모을 것인가?'라는 질문이 유행처럼 번지고 있다. 어딜 가나 부동산과 주식, 비트코인 얘기로 가득하다.

우리는 부동산에 관심이 없다. 그래서 주변에서 많이 답답해한다. '신혼부부 특별공급'을 넣으면 될 거라고 조언도 해 준다. 솔직히 고백하자면 몇 번 넣어봤지만 모두 떨어졌다. 몇 번의 실패 끝에 우리는 매우 중요한 결론을 얻었다. 부동산은 '여우의 신포도'와 같다는 것이다. 우리는 주변의 인프라 또는 학군이 중요하지 않으며, 앞으로 아파트에서 계속 살고 싶지 않다. 청약 경쟁까지 끼어들어 아등바등하고 싶지도 않다. 마음만큼은 '삼성 이재용 부회장' 같은 사람이 되고 싶다. 모르긴 몰라도 이재용 부회장은 부동산에 마음을 들썩이며 살지 않을 것 같다. 물론 주식에는 들썩거리겠지만.

오이 부부도 주식은 한다. 수익의 30퍼센트 기부, 30퍼센트 소비, 30퍼센트 보험과 저축, 그리고 10퍼센트는 자기계발비 형태를 유지하고 있다. 주식을 시작한 지는 5년, 300만 원과 500만 원 사이의 여윳돈으로 투자한다. 6퍼센트 이상의 수익이 발생하면 무조건 팔았고, 거기서 얻어진 수익은 따로 떼 모았다. 절대 또 다른 주식에 그 돈을 투자하지 않았다. 주식 투자로 얻어진 수익은 기분 좋게 사치를 부리는 데 활용한다. 작년에는 주식 수익금과 배당금으로 제주도 여행을 다녀왔다. 그리고 아울렛에서였지만, 비싼 코트도 두 벌이나 샀다. 하지만 우리도 주식의 고수는 못 된다. 투자한 주식이 3퍼센트 이상 손실이 나면 무조건 팔곤 했다. 현재 주식에 투자된 여윳돈이 500만 원에서 300만 원대로 떨어진 상태이다.(남편은 아직 이 사실을 모른다.)

예상하지 않은 부수입이 생기면 카카오뱅크에 저축한다. '26주 적금(소액으로 시작하여 목돈을 모으는 저축으로 일주일에 천 원으로 시작하여 매주 천 원씩 더 증액되어 26주 동안 하는 적금 형식)'을 남편과 둘이 같이 하다 보면 70만 원에서 100만 원 정도 일 년에 두, 세 번 만들어진다. 이렇게 만들어진 돈으로 해외여행을 가거나, 남편 정장을 사거나, 다이슨 청소기 등 필요한 물건을 산다.

하지만 우리에게 가장 큰 재테크는 '자기 가치창출'이다. 해마다 고3 학생들의 진학률을 높이고, 프로젝트 수업을 진행해 연봉을 올린다. 수입과 크게 상관없지만 글쓰기를 통해 내 삶의 가치도 재정비해나가고 있다. 글쓰기를 계속하다 보니 보석이나 명품에 대한 쇼핑 욕심이 사라졌다. 엄청나게 큰 소비가 줄어 재테크의 절반은 이미 성공한 셈이라고 할 수 있다.

P.S

경제뉴스마다 곧 인플레이션이 온다고 한다.

'어쩌지?'

큰 걱정은 안 해도 될 것 같다.

인플레이션에 타격을 받을 규모의 경제력을 가진 게 아니라서.

오이 부부의 생일 파티

해마다 생일이면 생활비 10만 원 범위 안에서 서로에게 최선을 다하기로 했다.

단, 10만 원 초과 시 무조건 자신의 용돈에서 충당했다.

"12월은 우리 기영이 생일의 달이지."

먼저 아내의 생일을 대하는 남편 자세이다. 「트렌드 코리아 2021」을 보면 대한민국의 연간 꽃 소비량은 만원이라고 한다. 그 평균치에 남편이 들어가지 않아 참 다행이다.

남편은 먼저 용돈을 아껴 대한민국 꽃 소비량 다섯 배 정도에 달하는 꽃다발을 준비한다. 그리고 한 달 내내 요리 연구를 한다. 오랜 연구 끝에 만들어진 메인 요리는 소고기미역국과 생선구이 네 마리, 곁들여지는 메뉴는 전날 재워놓은 불고기와 맛보다는 비주얼이 우선인 연어 샐러드이다. 디저트는 이름도 없는 남편이 만든 퓨전요리이다. 새벽부터 일어나 혼자 많은 요리를 준비하며, 요리하는 내내 환기를 제대로 시키지 않아 온 집안이 스모그이다. 생일 파티 후, 엉망이 된 주방은 한 가지 요리에 한 번밖에 사용하지 않은 재료로 가득하다. 인증샷은 무조건 나의 SNS에 올리라고 한다. 나의 SNS에 달린 댓글을 보며 남편은 나보다 더 행복해한다.

"형부는 언니의 평생지기 요리사네요."
"멋쟁이 남편, 정말 부러워요."
"남편 요리 실력과 정성이 대단하네요."

다음은 남편의 생일을 준비하는 아내의 자세이다. 슬프게도 남편은 생일 파티에 대한 좋은 기억이 없다. 어릴 때 제대로 받아보지 못한 생일상을 보상해 주고자 남편의 생일을 집안의 '인류지대사'로 정해 성대하게 치른다. 매월 3만 원씩 별도로 저축해 고깃집을 경영하는 큰 언니의 가게로 해마다 온 가족을 초대한다. 조카들에게 손편지와 소소한 선물을 준비하게 한다. 모두 모이면 20명이 넘는 대식

구들로부터 축하를 받으며 생일 파티를 한다. 초대받은 가족들은 하나같이 입을 모아 말한다.

"매일 고모부 생일이었으면 좋겠다."

올해는 코로나19로 가족 모임이 힘들어졌다. 직접 생일 상을 차렸다. 메뉴 네 가지를 요리하는데 5시간을 훌쩍 넘겼다. 둘이 조촐한 생일 파티를 하고 뒷정리를 끝낸 후 남편에게 말한다.

"여보, 내년 생일부터는 그냥 나가서 사 먹거나, 시켜 먹어요."

남편은 엄청나게 찜찜한 대답을 남긴다.

"내 생일 때는 그렇게 해. 대신 자기 생일은 원래 하던 대로 할게."

P.S
오이 부부의 내년 생일 파티는 어떻게 될까?

가끔 나도 여자가 된다

　침대에서도 서서히 남편과 형제가 되어가고 있었다. 어쩌다 뜻하지 않게 한 번의 짜릿한 사랑이 이뤄졌다. 평소 남자인지, 여자인지조차도 잊고 살아가다 간밤에 일어난 29금이 내가 '여자'라는 사실을 상기시켜주었다.

　"여보, 어젯밤엔 내가 진짜 여자가 된 것 같았어."

　남편은 나의 머리를 쓰다듬으며 느끼한 말투로 말했다.

　"여~자~여~!"
　"여~자여~! 밥은 언제 해?"
　"나의 여자여~! 지금 어디야?"

평생 남편에게
'하나뿐인 여자'로 살고 싶다.

언제나 내 편

신월성 CGV 네거리, 좌회전 신호를 기다리고 있었다. 불이 바뀌었는데도 앞차는 꿈쩍하지 않았다. 앙칼진 경적을 가진 소피아(내 차를 부르는 호칭-오이 부부는 차에도 이름을 지어준다.)이기에 웬만해서는 울리지 않으려 꾹 참고 있었다. 뒤에서도 빵빵거리며 경적을 울리기 시작했고, 신호가 노란색으로 바뀌어 가는데도 앞차는 여전히 그대로였다. 그 모습에 순간, 분노가 폭발했다.

빵! 빵! 빵! 빵!
앙칼진 경적과 함께 좌회전 신호는 허무하게 날아갔다. 정말 화가 났다. 바로 남편에게 전화했다.

"아니, 좌회전 신호인데 안 가고 그대로 서 있는 거야."

"뒤차들도 아주 난리가 났네! 계속 빵! 빵! 거리네."

"당연하지! 한 대도 못 갔어!"

"차가 고장 난 거 아냐? 운전자가 몇 살쯤 되어 보여?"

"고장 난 거 아니야! 비상 깜빡이도 안 켜져 있고, 차에서 내리지도 않아."

"그 사람 뭔 배짱이래?"

"나야 모르지. 정말, 짜증 나!!"

"다음 신호에는 가겠지?"

"뭐야?! 좌회전 차선에서 바로 직진하는데?"

"좌회전 차선인데 직진을 한다고? 진짜 술 먹을 거 아냐?"

아주 잠깐이긴 했지만, 남편과 통화하면서 함께 욕을 했더니 화가 풀렸다. 좋은 모습은 아니지만, 같이 욕할 수 있는 사람이 있어 좋았다. 그때 문득 머리를 스쳐 가는 것이 하나 있었다. 남편은 이제 세상에 둘도 없는 친구가 되어 가고 있다는 사실이다. 오늘 누구를 만나 무슨 얘기를 했는지, 무엇을 먹었는지, 어떤 일이 있었는지 등 모든 것을 공유하면서 언제나 내 편으로 남아 있는 그런 친구 말이다. 우린 이렇게 서로를 닮아가고 있다.

P.S

여보, 선한 유유상종이 됩시다.

65세까지 일하기

오이 부부는 65세까지 성실히 일하는 것이 목표이다. 올해 2021년을 '비전을 여는 해'로 정했다. 오늘도 나는 거실에서 글쓰기를 하고, 남편은 노후 준비를 위해 국가고시 공부 중이다. 오랜 침묵을 깨며 남편이 말한다.

"여보, 나 필통 하나만 사줘."

"내일 문구점 가서 사다 놓을게요."

"아~ 그립 톡도 하나 부탁해. 인터넷 강의 들을 때 필요해."

"알았어요."

다음 날 저녁, 현관을 들어서니 중문을 통해 공부하고 있는 남편의 모습이 보인다.

그 모습을 흐뭇하게 바라보는 나와 남편의 눈이 마주
친다.

듣고 있던 강의를 끈 남편이 미소 가득한 얼굴로 걸어
온다.

나를 안아주며 말한다.

"오늘도 고생했어요."

"당신도요."

다 이루었다

"하여간 우리 집 고모들은 너무 시끄러워. 나중에 우리
가 모였을 때 쟤네들도 우리한테 똑같은 말을 하겠지?"
조카들을 보면서 친정 오빠가 말했다.

"맞다! 맞다! 쟤네들도 우리가 오면 시끄럽다고 자리를
피할지도 몰라."
온 가족이 오빠의 말에 맞장구를 쳤다.

갑자기, 큰언니가 진지한 표정으로 말했다.
"그런데 나는 솔직히 조금 두렵다. 나중에 내가 죽으면
누가 나를 거둬줄까 싶다."

새언니가 손사래를 치며 말했다.

"벌써 무슨 그런 걱정을 해요? 쟤네들한테 내가 잘 거둬주라고 할게요."

내가 나서서 큰 언니에게 말했다.

"걱정을 마! 언니, 내가 언니 잘 거둬줄게."

나를 보며 큰 언니가 반박했다.

"너랑 나랑 몇 살 차이 안 나거든!"

가만히 듣고 있던 친정 오빠가 입을 열었다.

"그러니까 큰 누나랑 오이 부부는 지금부터 쟤들한테 잘 보여야 해. 그래야지 쟤네들이 나중에 잘 거둬주지."

"무슨 소리야? 우리는 우리 관 뚜껑 덮어주는 사람에게 모든 재산을 무조건 양도할 거야. 오히려 쟤네들이 우리한테 잘 보여야 할 걸?"

곁에서 가만히 듣고만 있던 둘째 언니가 말했다.

"그러면 기영아, 너희 부부가 나보다 먼저 가면 안 될까? 내가 너희 관 뚜껑을 덮어줄게. 내가 내 자식을 위해 마지막까지 해 줄 수 있는 건 다 해야지."

우리는 상상했다. 먼 훗날 지팡이를 짚은 둘째 언니가 나타나 우리 관 뚜껑을 덮어주고는, 그 위에 손을 얹고 절규하듯 외치는 모습을.

"다 이루었다!"

- 친정 가족 모임 중에 일어난 작은 에피소드

기영'S 키친 in 제주

20대, 두바이에서 생활할 때 주변에 승무원 친구가 많았다. 얼굴도 예쁜데 요리 솜씨까지 보통 수준이 아니었다. 그녀들과 함께 지내다 보니, 나도 보여 줄 수 있는 음식이 있었으면 좋겠다는 생각에, 요리를 시작했다. 귀국 후에도 독립생활을 했던 나는 틈만 나면 친구들을 우리 동네로 불러들였다. 카페 한쪽 귀퉁이를 대여해 직접 만든 음식으로 조촐한 티타임을 갖기도 하고, 마음 맞는 친구들과 함께 드레스 코드를 정해 매달 포틀럭 파티(파티 참석자들이 자신이 만든 요리를 가지고 오는 미국과 캐나다식 파티문화)를 즐겼다.

30대, 싱글인 남녀 지인을 초대해 '기영'S 키친'이란 이름으로 캘리포니아 김밥이나 월남쌈을 메인 요리로 함께 시간을 즐겼다. 남편과 한창 연애 중일 때는 토요일마다 김치찜, 갈비찜을 한 상 가득 차려놓고 유혹하기도 했다. (이렇게 해서 남편이 유혹에 넘어온 건 아니었다. 앞서 밝힌 것처럼 남편은 나의 외모만 보고 결혼을 했다.)

30대 후반, 결혼 후 1년 동안에도 '기영'S 키친'은 유지되었다. 집들이도 해야 했고, 주변의 미혼인 지인을 돌봐야 했기에 키친의 인기는 여전히 높았다. 방 3개 중 한 방을 게스트룸으로 꾸며 친구들이 쉬고 갈 수 있도록 마련해 두었다. 하지만 우리 부부가 신혼인 것을 감안해 초대를 해도 흔쾌히 응하지 않는 일이 많아졌다. 그렇게 게스트룸은 자연스레 나의 공부방으로 용도변경 되었고, '기영'S 키친'도 동시에 장기휴업에 들어갔다. 매일 똑같은 메뉴의 밥상을 마주한 남편이 불평을 토로한다.

"도대체 '기영'S 키친'은 언제 또 오픈 하냐고요? 이제 그 시절이 너무 오래되어 기억조차 안 나려고 해."

결혼하고 보니, 나보다 요리 솜씨가 좋은 사람이 많았다. 솔직히 기영'S 키친은 플래이팅(음식을 먹음직스럽게 보이도록 그릇이나 접시에 담는 일)과 유니크함에 무게가 실린 요리였다. 하지만 그런 기영'S 키친을 다시 오픈할 예정이다. 단, 장소는 대구가 아닌 제주도가 되길 소망하고 있다.

P.S
나의 친구들의 함성이 들려온다.
게스트룸이 문전성시를 이룰 것 같다.

자랑은 오이 부부를 춤추게 한다

해마다 김장철이면 남편은 친정엄마보다 더 바쁘다. 김
장에 앞서 100포기가 넘는 배추의 양념을 만드는데 필요한
보리새우를 공수해온다. 추운 날씨에도 불구하고 혼자 새
우를 까고, 믹서기에 곱게 갈아온다. 육수 거리도 대형 망
에 넣어 미리 친정에 보내준다. 올해는 갈치 김치를 담가
보겠다며 혼자서 스무 마리가 넘는 갈치를 손질해 진공포
장까지 한다. 봄이 올 때쯤 갈치 김치가 제대로 익으면 기
가 막힌 맛이 난다고 한다. 초고를 쓰고 있는 지금(3월), 남
편은 '오이 부부, 그냥 좋다.'의 내용보다 갈치 김치 맛을
더 궁금해한다.

여러 번 밝힌 것처럼 체격이 좋은 남편은 감자 농사를

짓는 친정의 맞춤형 일꾼이다. 거기에다 시골에서의 삶과 농사에 대한 로망까지 있어 본인이 나서서 일을 즐긴다. 주말이면 우리만의 시간을 보내고 싶은 나와는 달리, 틈만 나면 맛있는 것을 사서 친정에 가자고 한다. 그래도 나는 남편이 친정에서 또 한 명의 아들이 되기보다는 백년손님이 되었으면 하는 바람에서 잦은 친정 행은 거절한다.

(어머니, 아버지 죄송해요. 결국, 딸도 키워봤자 소용없죠?)

나는 지난 6년 동안 출근길 남편 손에 절대 쓰레기를 들려 보내지 않았다. 표면적인 이유는 속이 훤히 비치는 쓰레기봉투를 들고 엘리베이터를 타는 남자들의 모습이 그다지 좋아 보이지 않아서이다. 내면적인 이유는 남편이 종량제 봉투가 터질 정도로 채워 넣어 봉투값보다 테이프값이 더 나올 것 같아서이다. 이런저런 이유로 지금까지 음식물이든, 종량제 봉투든 남편 손에 들려 보낸 적이 없다. 대신 점심 도시락을 들려 보낸다. 그리고 나는 일을 아주 열심히 한다. 그렇게 번 돈으로 시댁에 냉장고를 사드렸다. 복날이면 시어른들께 장어구이나 닭백숙을 대접해드리고, 가끔 어머님을 밖에서 뵈면 항상 택시비도 챙겨드린다. 그리고 이 모든 일을 남편에게 매우 자세하게 말하는 것을 절대 빼먹지 않는다. '남자는 여자하기 나름이다.'라는 말도 있고, '마누라가 예쁘면 처가 말뚝을 보고도 절을 한다.'라는 속담이 있다. 일리가 있는 말이라고 생각한다.

P.S

우리는 이렇게 서로 자랑하며 살아가고 있다.

오늘도 멋진 내 사랑, 예쁜 내 반쪽이다.

우린 자연스럽게 살아가고 있는 거예요

아이를 가지면 새로운 세상이 열리고 마침내 우리도 온전한 어른이 될 거라는 걸 알고 있다. 나에게도 꿈꾸었던 '삼합'이라는 게 있었다.

아내로서의 나.
어머니로서의 나.
언어 센터장으로서의 나.
그중에서 하나가 빠지게 될 거라고는 상상도 못 했다.

"그럼 더 노력해 봐!"
한 번이라도 시험관을 해보라고 권하는 사람들이 꽤 있었다. 딸을 낳은 친구는 시댁에 가면 괴롭다고 했다. 둘째를 낳으라고, 집안에는 아들이 있어야 한다고 그렇게 강요를 한다고 들었다. 그 친구와 나는 입을 모아 얘기했다.

"시험관을 한다고 꼭 된다는 보장이 있을까? 둘째를 가진다고 그 아이가 꼭 아들이라는 보장이 있을까? 그렇게 주변의 강요로 아이를 가져도 될까?"

아동학대 기사에 등장하는 못된 어른을 보며 '이제 부모에게도 자격이 필요한 것 같다.'라고 큰 소리로 말하고 싶지만, 부모가 되어 본 적이 없기에 혼잣말로 중얼거린다. 평생 이런 침묵을 감당해야 할지도 모르겠다. 자녀교육문제로 학부모들과 상담을 할 때 나의 의견보다 전문가의 조언만으로 대화를 이어나가야 할지도 모른다. 하지만 그래도 괜찮으니까, 이제 우리를 있는 그대로 봐 주시길.

우린 자연스레 기다리는 중이며, 언젠가 아이가 생기면 최선을 다해 양육할 예정이니까.

끝맺음

　점심을 빵 한 개로 해결했더니 저녁 시간이 되자, 허기가 지기 시작했다.

　집으로 돌아오는 길, 냉장고에 뭐가 있는지를 계속 생각했다.

　남편에게 전화를 걸었다.

　"스팸 하나만 사다 줘요."

　정말 스팸 하나만 사 왔다.

　남편도 변했다.

　집에 들어서자마자 밥솥의 남은 찬밥을 꺼내고, 파와 김치를 썰었다.

남편의 손에서 스팸을 뺏다시피 가져왔다.

"오빠, 얼른 손 씻고 큰 언니가 준 갈빗살 좀 구워요."

파 기름에 스팸과 김치를 먼저 볶고, 찬밥을 비벼, 마무리에 참기름과 김 가루를 올려 김치볶음밥을 완성했다. 예쁜 접시에 플래이팅 하는 것도 귀찮아 팬 그대로 식탁에 얹는다. 잘 구워진 갈빗살과 김치볶음밥을 둘이 숟가락으로 퍼먹기 시작했다.

"물김치랑 같이 먹으면 맛있겠는데…"

"혼잣말이지?"

"혼잣말이야."

몇 숟가락 뜨다 말고 남편이 조용히 일어나 김치냉장고에서 물김치를 꺼내 그릇에 담아왔다. 남편의 혼잣말이 평생 내게 들리지 않기를 바라본다.

에필로그 흉내 내기

만약 이번 책을 출간하지 않았다면 지금쯤 샤넬 매장 앞에 있을지도 모르겠다. 이 나이에 명품 하나 없이 나 자신을 빛내기란 결코, 쉽지만은 않다. 하지만 평생 3만 원짜리 에코백만 메고 다닌다 할지라도 「오이 부부, 그냥 좋다」는 명품과 맞바꿀만큼 충분한 가치를 지니고 있다. 물론 독자분들은 명품백이든, 에코백이든 상관없이 「오이 부부, 그냥 좋다」를 가방에 넣고 다니길 바란다.

p.s
끝까지 읽어주셔서 감사합니다.
'오이 부부'의 삶에 주인 되신 하나님께 이 책을 바칩니다.

I Love you

감사합니다
사랑합니다
미안합니다
축복합니다

마음을 전해보세요^^

오이부부는
여러분의 사랑을 응원합니다.

(오려서 사용하세요.)

I Love you